改變，由**我**開始

蔡元雲 著

改變，由我開始
作者／蔡元雲
總編輯／馬鎮梅
責任編輯／吳蔚芹　馬鎮梅
文稿整理／黃幗坤　殷澄
美術設計／blacktony
出版發行／突破出版社
香港沙田亞公角山路33號突破青年村
電話：2632 0000　傳真：2632 0388
電郵：breakthrough@breakthrough.org.hk
網址：http://www.breakthrough.org.hk
http://www.btproduct.com
承印／陽光（彩美）印刷公司
2009年7月初版1刷
2016年4月初版3刷

Make a Difference, Start with Me
by Philemon Choi
First Printing, First Edition, July 2009
Third Printing, First Edition, April 2016

Printed in Hong Kong
ISBN 978-962-8996-54-4

承蒙「青年發展基金」贊助本書製作經費，謹以鳴謝。

本書經文取自《新標點和合本》，版權為香港聖經公會所有，承蒙允准採用，特此鳴謝。

誠邀閣下就突破出版社的書籍發表意見

歡迎加入突破書籍 Facebook page — http://www.facebook.com/btbooks.page

本書採用環保油墨印刷

心　靈　地　圖

關懷、連繫、復和、

溝通、對話……

凝視心之脈動，

直到重新尋獲自己的心。

目錄

自序及導讀

2009 年 1 月 20 日，我在電視前收看新一任美國總統的就職典禮。典禮整個過程中，奧巴馬神色凝重，只偶爾跟四周羣眾展露微笑，正式宣讀誓辭時，鏡頭下的他一直眉頭深鎖。

甫上任，全球金融海嘯的陰霾，還有因反恐陷入的泥淖 —— 阿富汗、伊拉克戰爭，已令這位新總統的心頭重擔有如山之重。美國不單陷入前所未有的困境，而更諷刺的是，席捲全球的金融海嘯，正是由這個自命為世界領袖的經濟強國開始的。

奧巴馬説，他有信心帶領美國走出現在所處的困局，但與此同時，他勸告國民要有心理預備——改變需要時間。他鄭重邀請美國全體國民，甚至全世界的人，與他一起往前走。他承諾，美國將取回在世界上的領導位置。這是當前美國的真實寫照。

同一時間，在地球另一邊的香港，特首曾蔭權宣布七項帶動就業的計劃，提供許多見習和臨時職位，祈望這些措施能促使香港就業市場復蘇，挽救香港的經濟危機。當全球陷入逆境之際，香港當然不能置身事外。未來，香港在各方面皆需要作出調整，特別是在金融業上重新定位。香港所面對的困境，也是非常真實的。

我在「突破機構」服務了三十六年，見證香港不同階段所面對的困難和挑戰。九七回歸，一下子許多菁英選擇離去，出現了前所未有的移民潮。回歸以後，接着下來的卻是種種天災和人禍，我們經歷了金融風暴，還有永不會忘記的 SARS……香港人好不容易從生命的低谷中走出來。不久又發生了南亞海嘯、四川大地震，以及 H1N1 甲型流感，一浪接一浪的打擊，使全人類目瞪口呆，經歷前所未有的震撼……

相對而言，香港可算是幸運，避過了一些天災和戰亂，即使 SARS 襲港亦很快復原，但小小的一個城市，又怎能不受外在環境的影響？金融海嘯直接衝擊香港的經濟及人力架構，青年人就業面對新的困局，少年人的父母更是受到正面的打擊；香港的年輕人能否有足夠的抗逆能力，克服眼前的重重障礙，面對逆境中的挑戰？還有年輕人最切身的求學和就業問題，已為他們帶來種種壓力。

我很喜歡年輕人，心裏常常牽念着他們，並且經常反思自己可以為他們做些什麼？而事實上，以「突破」一個小小機構，力量微薄，可以做的事實在不多。

在一趟談話中，我的同事 Joanna 向我提出，既然我從事培育年輕人抗逆力的工作已有好些日子，何不在這個關鍵時刻，將以往寶貴的經驗寫下來，跟年輕人分享？總編輯馬鎮梅得悉這個構想，也鼓勵我撰寫這個課題的書。她們的提議，正切中我心底的願望，我立刻着手整理多年從事青年工作的個案和親身經驗。

一面整理，一張張年輕的面容浮現眼前，他們有些仍在求學，有些已踏足社會，不管怎樣，我都想跟他們說一些心底話。

我相信，在逆境中應該盡力協助、參與大環境的改變，而不是袖手旁觀，任由環境惡化，然而經濟就業、教育環境等客觀因素轉變需時，即使一個家庭要扭轉環境劣勢，也不是短期內可見成效；更何況龐大的國際金融逆境、大自然環境的改善，那是需要全球不同國家的共同努力，長期鍥而不捨的堅持，才會取得成績。喜見 2009 年 4 月 2 日「G20」在倫敦匯聚了二十個國家的領導人，共商如何在全球金融海嘯中扭轉經濟逆境——取得初步共識，將共識化作行動，但仍需要很多斡旋協商，不能見即時成果。

所以在逆境中，最重要、最有可能改變的——還是自己！當我們內心的態度變得更積極、對自己的身分和價值更肯定、個人的支持系統更穩固、待人處事的能力逐步提升、對人生的方向和如何作出貢獻的定位更清晰——我們便有力量在逆境中持續上騰。改變，從自己開始——提升自己的抗逆力！

這本小書分成八章。在第一章，我將分享對逆境成因的看法；並探討帶來衝擊和考驗的因素；第二章的文章，大部分是闡述我最初苦思如何教導年輕人面對逆境，繼而逐漸找到了解「抗逆力」竅門的心路歷程。到了第三章，則簡述了我在成長歷程中對抗逆力的親身領悟。

第四至第八章，談及的都是一些很具體的實戰經驗，也是全書焦點所在。在逆境中，最重要是永不放棄。即使面對重重困難，遇到環境上、制度上或結構上的阻礙，我們都應該嘗試尋求各種不同的應對方法，設法突破局限。對抗逆境，是一個漫長的過程；當中最重要的，是改變自己，在逆境中提升自己的抗逆能力。提升抗逆力有幾個重要的元素：我會用幾個片段來描繪，例如身分的認同、羣體的支持、生命導師的同行、持續操練一些面對逆境的生命技巧。此外，我也經常提醒身處職場的年輕人，要找到自己的立足點，即我們在抗逆力中強調的生命「亮點」或「召命」。

透過這八章內短短的文章，我會將談抗逆力的三個核心元素穿插在其中，那就是：「效能感」—— 生命的能力和技巧；「歸屬感」—— 關係上的支持，以及「樂觀感」—— 深信在困境中仍有出路。

若你刻下已經陷在逆境中，我願意你知道，我是你的同行者，我們可以互相交流，可以在逆境中互相扶持。我相信前面還有不少難關，等待我們去跨越。你們身處香港，其實已經是幸福的一羣，因為相對其他城市，香港的外在環境仍較正面，你們正好趁這個機會好好裝備，為自己、為香港，甚至為中國，發揮年輕人的力量。

我心中也不忘記一羣幫助年輕人成長的羣體 —— 父母、老師、導師們，他們不辭勞苦地培育年輕人，成為他們的同行者。他們其實也是我的同行者，在服侍年輕人的路途上與我並肩同行，這本書，也是對他們的致意，讓我們彼此勉勵，繼續這個有意義的工作。我也希望他們看完這本書給我一點意見，讓我們繼續交流，彼此學習。

在本書裏，大家可以找到我個人面對逆境的故事，和我在成長中所面對的困難的坦誠分享。這是一本分享、交流的書。不單是理論探討，更不單是學術研究。我寫這本書，帶着微小的冀望——請讀者將自己抗逆的心路歷程也記載下來，再透過不同的方式，或書信，或網絡，給我一點迴響，給我一點激勵。

我仍然相信夢可以改變世界，個人生命力得到提升，才能燃點心底的夢，當我們獻出個人力量，才能匯聚更多人的力量——這就是青少年之所以能夠成為改變世界的動力之原因！讓我們從今天起改變自己，提升個人抗逆力，尋着生命中一個新的起點！

蔡元雲

第一章

環球逆境中求變

金融海嘯 —— 暴露人性和制度的缺口

金融海嘯在 2008 年底橫掃全球，在當時鋪天蓋地的報道當中，有一個鏡頭，一直在我腦海裏盤旋，留下深刻的印象。

曾執掌全球最大央行 —— 美國聯邦儲備局 —— 達十八年之久的格林斯潘（Alan Greenspan），在歷時超過四小時的國會聽證會上，黯然承認自己犯下了「部分錯誤」。他是這樣説的：「市場競爭的支柱倒下，自由市場亦毀了，這對我真是巨大的震撼；我還未搞清楚事情背後的原因。」會後他承認，自己高估了金融界人士對銀行聲譽的珍惜，以致犯下彌天錯誤。

芝加哥大學經濟學系系主任雷尼（Philip J. Reny），在嘗試為主張自由放任資本主義的經濟學大師佛利民（Milton Friedman）辯護時，也不得不承認：「1990 年共產主義陣營瓦解，宣告了由上而下的集體主義思想行不通。但今次金融海嘯亦説明，完全放任的極端『自由市場』意識形態也是不可行。」[1]

由權力極度集中的官員主導經濟，容易衍生貪污；由全權操控金錢在手中的商人及金融界主腦主導市場，則難以克制貪婪。一羣美國經濟學家分析金融海嘯的成因，以三個字作總結：「貪婪」(greed)、「虛假」(fraud)、「無知」(ignorance)。[2] 權力和金錢有着非常驚人的腐蝕力，往往揭露出人性的缺口。

金融海嘯亦暴露了香港經濟制度中的缺口。香港經濟的兩大支柱是金融和地產，而旅遊事業亦主要以消費來推動 —— 極力推銷吃喝玩樂、忽視了文化和生態旅遊。現在香港經濟的死穴就是輕視創作和製造，輕忽了市民的聲音。

曾幾何時，香港一度是影視、娛樂創作的中心，輕工業生產如成衣、鐘錶亦在全球佔一席位。然而，因為決策者堅持打造香港成為世界金融中心，這單一化的視野，犧牲了文化產業、創意工業的發展，不單削弱了本身的生產力和競爭力，也導致香港不少中年人及一些具備另類智能的青少年之結構性失業。

一個城市的定位及管治，應當以民為本，讓每個市民發揮所長，為城市作出貢獻。任何成功的城市都不能忽視文化，不能埋沒創新的人才。

在我接觸的香港青少年中，曾經表示有興趣在下列的領域貢獻自己的專長：廚藝、美容、創意工業、體育事業等等……倘若香港的決策者願意聆聽這些聲音，在官、商、民傾力合作之下，一定能為香港的青少年開創更多出路，也會為這個城市抹上亮麗的文化色調。

我相信人是按神的形象受造，每個人都有與生俱來的潛能和創意，不應該為管治者所輕看；同時，人心的深處亦存有幽暗與軟弱。故此，每個法治社會都需要健全的司法和執法機制，以保障社會的安全。

人要願意順從真理，才活得真正自由。

Change：奧巴馬想的是什麼樣的改變？

在金融海嘯衝擊之下，全球思「變」。

美國正積極謀求改變。阿富汗和伊拉克的戰爭造成全球創傷，金融海嘯亦牽起了世人的憂慮，也就是這樣的一個環境，直接或間接造就了奧巴馬在 2008 年美國總統競選脫穎而出。

奧巴馬在 2004 年一次國會演講中，以「盼望」（hope）為題；他的演說，引起國會，以至全國的關注；在 2008 年的美國總統競選中，奧巴馬的政綱亦以「改變」（change）為主軸，這一次，甚至引起全球的共鳴。[3]

這是一個普世求變的年代，中國近三十年來持續銳變，歐洲在混亂中漸漸蛻變，俄羅斯在世界舞台上不斷尋求角色的變更，中東的政經狀況無時無刻不斷在變化，印度的政經力量急速轉變，台灣的政治和經濟遽變，香港的定位逼於形勢也不得不作出改變……

從奧巴馬所尋求的變，我們可以窺見全球思變的一些端倪：

他羨慕前總統列根（Ronald Reagan）的說服能力，事實上，列根在任內作出了不少的改變，改變了國際關係，蘇聯、東歐變天，冷戰局面也改寫；奧巴馬想將美國的「單邊主義」、「世界獨霸」的局面，改為多邊的協商，權力重新調配，並且早日結束伊拉克戰爭，解開恐怖主義這個死結。

他引用了另一位前總統羅斯福（Franklin D. Roosevelt）的名言：「給他們工作」，他挽救金融危機的方案不是單單向金融機構注資，只顧拯救大財團，而是提升國民的教育素質，為他們提供就業機會，並積極鼓勵人民參與社會重建。

他提名諾貝爾物理學獎得主、美國華裔環保科學家朱棣文出任能源部部長，負責管理與環境相關的研究和政策，這舉動一方面顯示他正視環境保護和發展另類能源的決心，另方面也表現出他用人惟才，並不先考慮政治和種族等等的因素。

他喜歡別人將他與黑人民權領袖馬丁·路德·金（Martin Luther King, Jr）相提並論，他在就職典禮前亦依當年林肯總統乘過的火車路線到華盛頓，在不同的場合，他喜歡引用林肯總統的名言，在在顯示他對少數族裔的平等、尊嚴、自由非常關注。奧巴馬亟欲表現他跟林肯和馬丁·路德·金一樣，有着同一個夢想——建設一個不一樣的美國、一個和平的世界。

他又無懼批評，在就職典禮上邀請華里克牧師（Rev. Rick Warren）祈禱，但願這個舉動表示他對信仰的認真和對上帝的信靠——美國的立國根基正在於「信靠真神」（In God We Trust）。

在他寫的書 *The Audacity of Hope*，[4]和另一本記述他個人成長的 *Dreams from My Father* 中，[5]奧巴馬透露了他青少年時期人生方向的迷惘和掙扎。他早年便失去父親的養育，幸得母親和外祖父母養育成人，身邊也有很多不同的牧師、導師培育他成長，後來當他取得哈佛大學法律學位之後，曾經走到社會最前線做社會服務工作，然後才踏上政治舞台。奧巴馬不斷接受不同的裝備，人生經歷許多的轉折，是內在的轉化、生命的裝備，成就了今天的奧巴馬。

《時代》新聞週刊選他為 2008 年的風雲人物，並且有下列評語：「他的基因構造是全球性的，他的思維是創新的，他的世界是網絡結連的，他的精神是民主的。」（His genome is global, his mind is innovative, his world is networked, his spirit is democratic.）[6]

面對陷入政治、經濟、價值危機的美國社會，面對全球金融海嘯危機，和恐怖主義的威脅，奧巴馬的能力以及管治受到嚴峻的考驗，身為全球權力最大的領袖，他還要面對權力的誘惑。無論如何，他闡釋的「變」，的確引起全球的共鳴，但願他宣告的盼望是扎根於永恆。有信、有望、有愛，才會有真正的生命和文化的轉變。

但願他與羣眾同聲高呼 "Yes, we can." 的時候，包括了與上帝同行的決心，和對從上而來能力的信靠。

全球教育步往同一方向

近年來，香港政府大力推動教育改革：母語教學、「3+3+4」、通識教育、國民教育、「殺校」政策……；而且政策經常一再修訂，使老師、同學、家長都無所適從。對香港的年輕人來說，教育改革將會是他們重大的考驗，教育制度也可能成為他們要面對的逆境。

由 2009 年開始，中學教育由原來的五年中學、兩年預科，變成六年(初中、高中各三年)，大學教育則由三年變為四年，所以整個教育過程是「三加三加四」。向好的一方面看，這政策代表政府正式將九年免費教育延長至十二年，對年輕人來說是一件好事，每個學生由小學一年級開始，一直至中學畢業，都有機會獲得政府資助，保證任何經濟上有困難的學生，也可在津貼下完成六年中學課程，得到合理的教育。

只是，難處在於教育政策的不斷變動。

九七回歸以後，政府提倡母語教學，但母語教學的落實卻遇上很多阻礙，導致教學語言政策磨磨蹭蹭，原地踏步。一些學校為了爭取更多學生入讀，很想沿用英語教學，但教育局卻不許。這樣反反復復，最苦的是老師和學生。到了 2009 年，教育局在教學語言上又提出「微調」的構思，引來教育界很多討論。雖然說是微調，其實對老師教學上的語文運用、學生的適應能力、課本設計上的變動，都帶來了很大的衝擊。

牽一髮而動全身，在教改中最大的「調動」是課程變革；首當其衝的，莫過於通識教育科。過去不同學科分門別類、各自獨立，現在變成一個結合不同學科知識、處理六個不同範疇的課程，其中要探討的，都是一些關係性、價值性的課題：個人和自己、和家庭、和社區、和城市、和國家、和世界、和環境，全部都要重新探討。以往較少接觸的課題，例如公共衞生、環境、科技等，都被納入新課程必須探討的課題中。以上種種，對教與學雙方都構成一個很大的挑戰。

可是，世界教育發展往往有着不可逆轉的趨勢，全球各地的教育模式都往同一方向走 —— 講求科際整合，不再集中在專門的學科。不但如此，學生還要把課堂上所學習到的，跟身處的環境、國家和世界接軌。無可避免地，教學的模式要改變，學習和思維的方法要更新，並且每個學生都要從課室走進社區，進入國內和世界不同的處境，在現場中體驗學習 —— 這些重大的改變都可能造成老師和學生的潛在逆境。

除了中學教育有重大而深遠的變革之外，專上教育的面貌，也改變了不少。香港現時有九間被正式認可的大學；專上院校方面，則有職業訓練局屬下全時間和部分時間的進修課程，以及一些新開辦的青年學院。現時在職業訓練局進修的學生，總共有十八萬，是一個非常重要和龐大的系統。它一直強調跟市場接軌，任何香港市場經濟的環境變動，都會牽動職業訓練局的政策和開辦的課程。

對青年人來說，好像選擇多了，考不進大學的，仍可繼續升學；但其實競爭依然劇烈。現在只有約百分之十八的中學生考取到大學學位，可以在香港的大學繼續學業。考不上本地大學的學生，若要到海外升學，便要負擔龐大的教育開支。由於許多國家都增加非本地公民的學費，若香港學生要赴笈海外，經濟支出構成一個非常大的困難，要到美國、加拿大、英國、澳洲就讀的難度高了，由於經濟關卡、入學關卡，很多學生轉而考慮北上到國內的大學就讀。

面對教育趨勢所帶來的困難，加上全球金融海嘯的衝擊，香港人、政策當局，真的要下功夫，一同為香港的教育重新定位。

我的觀察，我的憂慮

對於香港所擁有的優勢，和優勢帶來的機遇，我仍然是感到樂觀的。不過，有些觀察和憂慮，我還是不得不提出來。一些很明顯過去被忽略的向度，現在政府開始予以正視，總算是一個好開始。

在金融海嘯以後，很明顯，香港很難繼續維持過去以金融中心作為單一經濟支柱的形式。香港從前十分依賴地產業，但其實地產是實業項目，本應是平穩的界別，將它用作投資炒賣的工具，早已令這個行業變質。此外，香港的旅遊業依然把重點放在購物和飲食，毫無新意。香港在發展文化及生態旅遊兩方面其實做得很不足夠，隨着西九龍文化區的發展，和啟德舊機場的重新規劃，希望能為旅遊注入新元素。

截至目前，物流業仍是香港經濟一個重要支柱，但由於兩岸三通，加上中國和世界接軌，香港作為轉口港的功能面對嚴重的挑戰。此外，因為製造業的北移，很多從前的工業、製造業，不同的技術研究等，再不能在香港落地生根，對香港城市的定位有很大影響。

任何一個城市都需要「創造業」，都需要投身「創造業」的人口(creative class)。香港絕對有條件成為科研、創意產業的基地。香港跟全球市場接軌的能力比較強，這是我們的優勢。而我們所背靠的祖國，無論在生產人力上，在技術開發上，在工程建設上，的確擁有非常強大的潛力。若果兩地的優勢能互相協調、配合，香港的創意產業，肯定可以有一番新景象，但願香港政府願意在這方面下一些功夫。

踏入二十一世紀，全球都把目光放在環境保護上。環境保護在生態領域方面，其實可以發展為很重要的一個界別。所謂環境保護，不只是物料循環那麼簡單，其實是針對全球環境作全面性的研究，在這個範疇內，有許多新領域正等着我們去研究和探索，有許多的空間亦有待我們去開拓。

一直以來，香港失業人口的重災區有兩個：第一類是中年人，由於學歷低和再培訓的技術困難，失業中年要轉行實非易事，許多都要靠綜援過活；第二類是無法升學的年輕人，幸好他們還有很高的可塑性和變通的可能性，但願有關當局，能為青年人尋找出路，在就業的架構上重新思考，為香港經濟重新定位。[7]

就例如近年不少年輕人向我透露，他們想向體育方面發展，想鍛煉與體育有關的能力，更夢想成為某種體育項目的教練。因此之故，我以為，體育事業和文化，絕對有潛質成為香港的新動力，開創香港一個新景象，端視乎香港政府有沒有魄力和毅力栽培這一羣年輕人。

最後不得不提及的是管治上的逆境。眾所周知，香港特區政府的權力架構，由司法機關、行政會議和立法會組成，無論在英國殖民時代或現在，行政和立法兩會皆各自運作，我們亦不必諱言，兩會的溝通有着一道鴻溝。特首連同三司十二局，是真正的權力管治核心；再加上委任的行政會議成員，就成為最高的執政權力架構。而在立法會，卻沒有任何一個黨派，能獲有關當局完全信任，甚或是與政府聯盟的。所以，香港的管治存在着很大的困難。在殖民時代，所有政策在英政府裏已經有一份藍圖，香港政府只是藍圖的執行者。政權交替，香港實行港人治港，高度自治，無論是政務官，參政的商人，都要經歷一個適應的階段，任誰都看得出，香港現在的管治實在引起許多爭端。

我們可以預測，隨着未來客觀形勢的變化，香港的當務之急，是重新布局，重新制訂適切香港發展的模式和規格。由香港特別行政區行政長官曾蔭權主持的「經濟機遇委員會」在 2009 年 4 月 3 日建議六個香港最優勢的產業：醫療服務、教育服務、檢測及認證、環保產業、創新科技、文化及創意產業。[8]但願香港政府及商界的領袖，真的能鼓起勇氣踏出一步，將香港逐步重建為一個金融、創意、文化、科技、服務方面都有開拓能力的國際都會，為下一代的青少年奠下多元發展的根基——立足香港，參與國內建設，面向世界。

危機中的機遇

過去，七大工業國 G7，已經舉辦過 G22 高峰會，亞洲、中東、南美等新興經濟力量、單位都有份出席會議，共同磋商國際工業前景，再不由美國獨行議事，或者任由美、歐訂定經濟模式和規則。這些經濟力量之間的角力，相信要好一段時間才能達成共識。2009 年 4 月 2 日的 G20 高峰會，二十個國家的領導人取得初步的共識，為挽救全球金融危機踏出重要的一步。

際此其間，香港政府「十項公共建設」方案出籠。十項公共建設都是必須的，不過，建設本身只是硬件，還得配合軟件（如人才）才可成功。即如「西九文化項目」，它不單是一項硬件建設那麼簡單，硬件設施完成後，也不能純粹套入西方藝術文化，找來外國的文化藝術單位陳設一番便了事。當年籌劃數碼港也只是想及硬件的建設，沒有考慮延攬專才和培訓專才，其結果今天都有目共睹，亦證明整盤計劃的疏漏。我們既需要引入外來的專才，亦得培訓本地的人才，那樣才能在文化、科技和創意產業上，為香港帶來一個新局面。

危機亦是契機，契機帶來機遇。面對逆境，香港年輕人應當往好的方面看，視之為好消息。過去單元經濟的局面必須扭轉過來，並且要與珠三角、廣州，以至內陸其他城市聯繫起來，不只是集中與北京、上海中國主要城市合作。因緣際會，香港與四川的合作已頻繁起來，隨着中國西部、西北部通道打開，亦大大增加兩地合作的機會。

這些挑戰，對香港的年輕人而言，都是很正面的，並不是壞事。未來教育，將會趨向於多元化教育，着重多元智能所牽涉的九種智能，而不是像過往一樣，光是着重語文、數學和邏輯的培育，以此簡單判定一個孩子的將來。

如果我們的教育能慢慢轉變，朝向培育多元智能的教育模式，在政策上發展多元的經濟體系，那麼香港就不再只被定位為經濟城市，也有機會被視為文化城市；既有中國文化，亦有英國遺留給我們的寶貴文化傳統，是文明的，是透明的，是問責的，是廉潔的，是開放有言論自由的。英政府一百五十年的管治，我們不應抹殺她為香港建設的貢獻，造就社會獨特的機遇，可以與許多其他不同的文化交匯，與全球接軌。

這是香港先天的潛在發展機會，我本身是個家長，也是一個青年工作者，我渴望與更多年輕人同闖世界、開闊視野，讓新的一代更明白香港人的優勢，在逆境中看見潛在的機遇，和未來發展的機會。

內在逆境

除了外在的逆境，我們也要檢視內在的逆境。這是很重要的一環，一定不能逃避，要好好地面對。

心理學家 Paul Stoltz 在他的著作 *Adversity Quotient* 中說，若我們視逆境是持續的、不能改變的、無法克服的，便會形成一種「學習回來的悲觀」，[9] 即另一位心理學家 Martin Seligman 說的 learned pessimism。[10] 若一個人有學習回來的悲觀心態，毫無疑問，他面對逆境的能力必然大打折扣。所以，我們內心如何看待逆境，是能否跨越逆境的一個關鍵：倘若我們認為逆境構成不能跨越的障礙，或以為逆境將長久持續下去，內心將日漸變得悲觀，鬥志受到侵蝕。

就例如近年來，香港部分報章及一些較為偏激的立法會議員，在言論上都着眼批評，欠缺一些積極、有建設性的建議；這種文化氛圍令一些市民也傾向對政府、對社會心懷怨憤，久而久之亦積習了一種悲觀心態。

除此以外，我們亦要檢視我們內裏有沒有面對逆境的生命能力。生命能力包括思維能力、分析能力、辨別能力、批判思維能力、決定能力、溝通能力、聆聽能力、內省能力。這些能力都是近年香港開始着重的生命教育內容，也是抗逆時很重要的內在生命元素。

有些人有非常強的生命力，但我們可以發現，更多人的生命力都比較薄弱。從研究資料顯示，一個人的生命力之所以薄弱，與他的成長歷程很有關係。他們在成長的歷程中，很可能缺乏父母的培育和肯定，因而影響自信，削弱他自我肯定的能力。成長中的負面因素，是需要處理的心理創傷，除了影響自我形象，也影響人際交往能力。然而，成長創傷是可以經治療復原的。[11]

有些人很害怕權威，有些人卻恨惡權威，表現反叛，無論是前者或後者，都顯示他年少時與權威人物或前輩相處出現困難。現代夫婦許多都只養育一個孩子，形成家庭中獨生子女的普遍現象；這些獨生子女，沒有和同儕相處的經驗，到了羣體中生活，便會有人際溝通的困難和挑戰。內地有調查顯示，獨生子女普遍成長發展良好；天資聰穎，學習能力高，但人際溝通能力卻十分薄弱，有些孩子個性孤獨，有些孩子不能跟人合作，不知不覺間，內在逆境已然構成，一旦遇到挫折便出現偏差行為。

全球化年代已經來臨。但據我觀察所得的印象，近二十年，香港卻反方向而行，有愈來愈本地化的迹象。香港是一個國際城市，但我們卻很少關心香港以外的事物，打開電視，國際新聞報道佔很少的比重。香港人喜歡外遊，但到了外地，又往往只是觀光購物，抱到此一遊的心態，真想要了解別國風土文化的人少之又少。在此情況下，恐怕年輕一代的國際視野和文化視野，是可預見的愈來愈狹窄。

從前香港由英國人統治，自然造就學習英語的環境，那年代的香港人，英文的書寫和溝通能力一般較高。回歸以後，不少調查報告顯示，新人類的華文和英文水平都往下滑。

假若在年輕人踏出校園，面向中國，面向國際之先，沒有處理好內在逆境，想辦法克服，外在逆境便真的如猛獸般突襲，無情地把我們擊倒。

事實上，內在逆境是可以經心理治療來改變和排除的。逆境中求變，說的不單是如何面對外在客觀的逆境，如經濟、就業、環境、管治上的困擾，更要正視自己內在的逆境。不要迴避，要透過別人的幫助、外在的能力，有系統地強化自己的能力，把難關一一跨過。

結語

我們活在一個「大時代」：充滿劇變、尋求改革、既存在着逆境，同時亦充滿機遇。

外在的逆境不是我們能夠直接駕馭的，好像金融海嘯的出現、國際關係的轉變，又或是教育改革、就業架構的轉型——都在一些執政者手中，由他們釐定新的政策。不過雖然如此，我們應當關注、不該靜默，可以表達我們的聲音；亦不應袖手旁觀，可以儘量參與，盡公民的責任。

大環境的逆轉對成年人造成直接的經濟和就業衝擊，心情隨之波動在所難免；成年人的情緒不穩，亦直接影響他們的子女、學生或僱員。這世界是互動的，在波濤洶湧中，其實我們都坐在同一條船上，可以同舟共濟。

我們內心的逆境與我們成長的歷程相關：我們的家長、老師和朋友對我們內心的狀況影響最大。大環境的逆境對我們的打擊有多少，在乎我們對逆境的判斷：不應無知地樂觀，亦不應無條件地悲觀——每個逆境都有扭轉的機會，人不是環境的奴隸！重要的是培育內在的生命力，抗逆力所包含的重要元素：效能感、歸屬感、樂觀感（詳參第五、第六章）是可以悉心培育的。

我相信在逆境中磨練出來的人，將更有堅忍的力量跑人生的路，也更能夠成為其他逆境中人的朋友和支援。

註釋：

1. 明報國際專頁（2008.10.25）。香港：明報，p. A23。
2. The World in 2009.(2009.3). *The Economist*. Hong Kong: The Economist（中文版），p.16-18。
3. 巴拉克．奧巴馬（Obama, B.）著，孟波譯（2008），《我們相信變革》。北京：中信出版社。
4. Obama, Barack (2006). *The Audacity of Hope.* New York: Three Rivers Press.
5. Obama, Barack (1995). *Dreams from My Father.* New York: Three Rivers Press.
6. Person of the Year Barack Obama.(2009.12.29). *Time.* Hong Kong: Time Asia, pp. 21-44.
7. Labour & Welfare Bureau project team (2008). *Research on Learning & Psychological Difficulties of Non-engaged Youth in Hong Kong Final Report.* Hong Kong: Labour & Welfare Bureau.
8. 明報要聞，(2009.4.4)。香港：明報，p. A2。
9. Stoltz, G. Paul (1997). *Adversity Quotient: Turning obstacles into opportunities.* New York: John Wiley and Sons.
10. Seligman E. P. Martin (1998). *Learned Optimism: How to change your mind and your life.* New York: Pocket Books.
11. 蔡元雲（2005），《一個都不能少 —— 再思青少年的成長與牧養》。香港：突破出版社。

第二章

尋找抗逆力的歷程

沒人自己想變壞

我從事青少年工作多年，接觸過一些青少年，成長路彎彎曲曲的，經歷重重波折，在家中作出破壞行為，在社會上製造紛擾，他們通常被標籤為「暴風少年」。

他們一般與父母相處困難，兩代之間存在很多矛盾；在學校與同學老師有磨擦，無心向學，成績差強人意；加上外界充滿誘惑，一旦結交了損友，誤入歧途，還未長大，已嘗盡人生的苦果。

我有一段時間在福音戒毒機構當義工，很多少年戒毒者令我十分心痛，小小年紀已身陷毒海。問他們為什麼吸毒，大部分都是因為學業成績差，有很大的挫敗感，朋友告訴他，吸毒可讓他忘記一切煩惱，不妨一試；怎料一試，要回頭，已是百般艱難。

但我深信他們的一生不是就此完結的。我肯定告訴自己：「不。」只要他們肯脫離現在的環境，到一個新地方生活，結交一些好朋友，重新給他們肯定和信任，他們是可以重新振作的。事實亦證明，經過一輪培訓以後，有不少真的可以擺脫毒癮，重新做人。類似的成功個案很多，有些青少年戒毒後到「突破」當短期工，更有做長期工的。他們邊做邊學，終有一門傍身技能，後來重投社會，過正常的生活，有些更到其他志願機構服務，用自己的經驗再去幫助其他有需要的青年。

更讓我高興的是，經歷波折的年輕人，還與家人和解，重修決裂了的關係，本來破碎了的家，再展開心笑臉，團圓共聚，令我也開心不已。其實逆境並不能將一個人完全擊敗，只要抓緊一些生命的元素，定能迎戰苦難，重見光明。

這是我的信念，也是我信仰的價值，若不是我心中有不動搖的意志，這數十年的服務必然感到乏力，必然會氣餒。

暴風少年不常給我驚喜，反而，來自小康之家，甚或是家境富裕的青少年，倒讓我感到訝異。他們的父母盡自己能力培育子女，滿足他們的需要，換回來的卻是難堪和無盡的失望。我本身也為人父，深深體會教導子女真的不容易，也很費勁。父母對子女傳遞的關懷和愛心，少年子女在尋求自立的過程中會表現出反叛、對抗，讓自己、讓家人陷入人生困境。

大約十五年前，香港突然出現一股自殺熱潮，震撼整個社會。少年人紛紛跳樓輕生，報章以大篇幅報道，引來社會各界關注。政府隨後成立了一個委員會，研究青少年問題和自殺潮的成因，我也有份參與。開會時，我們要閱讀很多報告、資料，發現青少年問題十分嚴重——吸毒、失學、離家出走、從事色情行業、童黨、情緒偏差……從檔案、資料中，大量揭示香港青少年的陰暗面，讓委員們既難過又震驚。

我在其中陷入苦思，他們為什麼走上荊途，我又可以怎樣幫助他們？就在那時，我有幸認識兩位加拿大人，他們分別在緬省和溫省從事與青少年政策相關的工作，他們與我多年的好友何鄭瑩博士和 Dr. David Oborne，一起參與加拿大政府青年政策的釐定。他們正進行一個高難度的研究——追蹤一些曾加入黑社會的少數族裔青年。這些青年令加拿大政府大傷腦筋，所以研究的目標就是要追蹤他們的活動，了解他們誤入歧途的原因。

我在溫省時，有機會和一些少數族裔青年面談，跟我會晤的年輕人已接受了一年培育，他們給我的感覺既可親又態度積極。何鄭瑩博士告訴我，他們對這些年輕人都抱有相同的信念：他們內裏都有良好潛質，願意向上。何鄭瑩博士說的一句話，讓我終生難忘。她說：「我不相信有任何一個少年人自己想變壞。」

何鄭瑩博士是一個很出色的少年臨牀心理學家，她把全部精神和時間都放在這些青年人身上。很明顯，她像父母一樣愛他們，並不是溺愛縱容，而是要求他們過有紀律的生活，要勤於學習，又按着他們各自的專長予以訓練。他們要學習英文和謀生技能。經過兩年之後，這些為社會唾棄、眾叛親離的青年人，終於走出逆境的陰霾，各自上路。大部分都找到工作，其中一個更上了大學，各展所長。這些個案非常成功，引來加拿大報章廣泛的報道。

他們的研究及成功個案，對我領會什麼是抗逆力，並且日後在香港以及國內推廣相關的研究及服務，有很大的啟發作用。讓我將這些研究發展的過程簡略地陳述。

何鄭瑩博士和 Dr. David Oborne 做的研究發現，青少年在成長期間有機會出現一些「危機因素」(risk factors)，這些危機因素會在他們的成長過程中帶來打擊和困擾。

其中一些危機因素，顯然易見，例如學業上的挫敗、父或母長期患病、父或母亡故、父或母患有心理病。單親、不整全的家庭，也會構成青少年極大的危害。但另外一些，我想也不曾想過會構成危害青少年的因素，原來父母二人不同的教育方式也每每為他們帶來打擊；居住環境擠逼也是危機因素的成因。而最令我驚奇的是，原來早產也是危機因素之一，早產嬰將來面臨困境的機會率比正常出生的嬰兒高。

與此同時，又有所謂的「抗逆因素」，或稱「保護因素」(protective factors)，若有這些因素，青少年的成長顯然會更暢順，包括：健康的性格、正面的氣質、高智商、社交能力、正常的家庭狀況、良好親子關係、社會和朋友的認同，凡此種種，都是青年成長的正面因素。

我們利用「危機因素」和「保護因素」，再加上抗逆力幾個重要元素，設計課程、問卷，幫助追蹤青少年在成長中影響他們的因素，從而匡扶他們。

抗逆三元素

我在加拿大交流的時候，翻閱了許多文獻，給我發現了一線曙光，其實我們不必擔憂到底如何才能解決香港的青少年問題，只要我們能及早覺察問題所在，設計一些方式幫助他們提升抗逆力，他們自然能靠着自己內在的能力，跨越困境。

我把加拿大的經驗帶回香港，開始致力這方面的研究，很高興當時得到香港中文大學公共衞生學院的劉德輝教授鼎力幫忙。他特別關心弱勢社羣，做了很多相關於他們的研究 —— 特別是吸毒問題、愛滋病問題等等。我們跟他聯絡，告訴他我們的想法，他很願意承擔這項工作。「突破」亦有兩位同工先後參與研究，一位是藍容博士 Dr. Jane Nam，另一位是鄧焯榮博士，兩人在突破機構的研究組花了很多時間，研究究竟什麼是「抗逆力」。他們的研究發現，「抗逆力」有許多不同的定義。Dr. Lifton 說：「這是人類天生的一種潛能，是面對危機的適應。」Werner & Smith 則認為：「是內在的改變、自我校正及復原的一股力量。」但不管定義如何，大家都肯定，年輕人是可以從困境中走出來的。基於這種肯定，我們共同投入，要找出抗逆力的重要元素。

有幾位政府官員先後給我們鼓勵，又撥出款項作研究之用。當時的社會福利署長 Ian Strachen 大力支持，又有後來社會福利署長林鄭月娥女士的推動，她更在政府中幫忙爭取研究撥款和日後的推行工作；當時的教育署長以及後來的常任祕書長羅范椒芬女士，則在學校推動抗逆力的研究和實踐，出力不少。再加上十多個青年服務機構，多間中小學的校長、老師和社工的齊心協力，差不多歷時五年長線追蹤研究，終於製作了一套工具，當中包括一個量表，用以收集香港學生「保護因素」和「危機因素」的數據，老師家長和學生都要填寫，同時又成立識別機制，識別哪些學生有潛伏的成長困難，將之篩選、識別出來，然後給他們相關的抗逆力培訓。這套培訓，經過實踐並將之系統化，成為一套工具，而且歸納出三種很主要的「抗逆元素」。

第一種元素是**效能感（competence）**：能夠找出解決問題的方法；能夠控制自己的情緒和衝動；懂得尋求指導和幫助；懂得正面與人溝通，講出自己內心的感受，為自己釐定一些合宜的目標和身體力行。培育效能感的基礎是一個「信」字，一個人失去自信，亦會失去處理自己生命和待人接物的能力。

第二個元素是**歸屬感（belongingness）**：能夠與自己信任和愛自己的人建立關係；懂得訂定明確的規則並且執行，讓關心他的人能與他建立關係；可以與能夠以身作則的人交往；有獨立自主的冀望而又能在有需要的時候尋求協助，能找到幫助他們的人，例如同學、老師，當然最重要能幫他的人就是父母。重建歸屬感的根基是一個「愛」字。每個人都有需要在家庭、學校、工作間和社區中建立以愛相繫的支持系統，在愛與被愛、信與被信的關係中，一個人的生命力自會得到提升。

第三種元素是**樂觀感（optimism）**：相信自己是值得人喜愛的人；感覺到自己懂得關心別人，也有能力幫助別人；懂得尊重自己，也懂得尊重別人；認為有能力為自己的行為負責；相信凡事總有出路，不抱怨環境，覺得自己陷於絕路。樂觀感的基礎是一個「望」字：盼望並非一個人主觀的願望，而是建基於對人性和這世界的信念 —— 雖然人性有幽暗，環境波動難測；但人間仍然有「信」有「愛」，這世界仍有光芒；在逆境中仍然看見亮點！

這個本來帶着試驗性質的研究，現在已成為在學校中幫助學生成長的大規模項目。在小學四年級識別有成長困難的學生，從而提供培訓。這個計劃叫「成長的天空」，學校可以自願選擇參加，而香港絕大部分的小學都參與了這個課程。「成長的天空」也推展到中學，中一學生可以自由參加。

「抗逆力」的概念也漸漸為人所認識，在教育界以至職場中，也開始肯定抗逆力的重要，紛紛學習、應用。很多機構使用這套模式，而且非常投入，又花功夫在學習上的執行跟進。這些成功例子給我很大鼓舞，很多個案顯示，經過培訓以後，不少的青少年真的能擺脱逆境，邁步向前。這亦使我更加深信，預防的而且確勝於治療。

「及早識別，及早介入」的概念，慢慢在社工、教育界獲得認同、確立和實踐。而最讓我高興的是，見到青少年重拾自信，建立正面的人生觀。這是我從事青年工作的最大的安慰和滿足。

天下少年都一樣

近年，國內有關當局亦開始注意青少年的成長，出版了一份《心理素質培育手冊》，[1]篇幅有一千五百萬字之多，將全國培訓青少年素質的經驗、文獻彙編成冊，盼望幫助國內的青少年，在國家經濟起飛，體育、文化項目均有驕人成就的同時，不會忽略提升其心理素質。愈來愈多調查、研究顯示，一個人的成功，不單在乎於一個人的智力、所擁有的技能，更重要的是他的心理素質。人們開始熱中談論 EQ —— 情緒商數。所謂情緒商數，包含了人的自制能力，處理人際關係的能力。[2]不久以前，一個更新的概念開始流行，就是 AQ —— Adversity Quotient，亦即一個人在逆境中自處、適應環境的能力指數，反映出他是否對環境抱有樂觀的看法，並能跨越逆境。[3]無論是情緒商數或逆境商數，過去國內忽視的心理素質，現在都予以正視。

過去六年，我有機會在上海與華東師範大學和另外幾間大學交流，研究如何培養青年人的心理素質。有幾年時間，有時是我到上海跟青年人交流，有時是他們來香港跟與我一起進行研究。經過觀察，方知道上海和香港的新一代很相似：在情緒上面對很多問題，又不懂得如何與人交往。後來他們在上海成立了「青少年心理健康研究及培訓中心」，中心內的專家自行開始承擔做國內的研究，他們當中有葉斌博士、徐浙寧博士、張麒老師、趙小青老師等，他們投入了很多的心血時間，進行與「成長的天空」相類似的研究，直至現在，計劃仍在進行之中。他們的目標也是要研發出一套工具，來識別青少年成長中保護因素和危機因素，及早幫他們提升抗逆力。

過去兩年，我們在北京與北京大學、香港理工大學，和中國青年政治學院合作研究外來民工子女的升學和就業出路，亦引進抗逆力的培訓，提升青少年的生命力。

2008 年 5 月 12 日，四川的「汶川大地震」導致近十萬人喪生，約一千五百萬人失去家園，我和一羣來自香港、國內和海外的心理健康工作者有機會進入災區協助暫住安置點的居民心理康復，亦引用了抗逆力培訓概念，協助重建「健康社區」和「健康校園」。

十多年間，「抗逆力」已經由概念發展為一個可以實踐的計劃，在許多不同場境，特別在教育界，實質地幫助年輕人在逆境中反彈，得着重新展翅上騰的能力。

身為青少年工作者，我體會得到，不管是國內的青少年，還是香港的青少年，所面對的都是一個相當困難的前景。全球金融海嘯危機是一個大考驗，而香港的青少年，更要面對教育政策和整個社會的許多轉變，我相信，大家都很難避過逆境的衝擊。但願我們過往所做的研究成果，對社工界、教育界都有幫助，讓他們更有效地幫助青少年面對難關，獲致生命的成長。

對青年人而言，要記着能讓自己轉化、提升的三個重要元素：效能感、歸屬感和樂觀感，在其中多加操練，當能叫生命有所改變，無懼逆境。總要相信，你是可以跨勝的，你是可以改變的。

結語

多謝讀者容讓我用這一章的篇幅，分享我身為青年工作者在作出探索和研究過程中的一些心路歷程。回顧一路以來對「抗逆力」的研究過程，竟有十五年之久：從當初我們對 "resilience" 是什麼，了解十分模糊，到今天將概念轉化為一些可操作的培訓活動，使效能感、歸屬感和樂觀感不再是一些抽象的概念。今天，香港的中小學、上海一些實驗中學，及北京一些民工子弟初中裏，都在進行一些有系統的抗逆力培訓。這十五年的研究及實踐過程中，也顯示了一羣青年工作者和研究工作者的「抗逆力」。

我無意在這章裏深入探討「抗逆力」的概念，反而將這些概念溶入第三至第八章：以生命故事及真實例子闡釋如何理解並提升自己的抗逆力。

註釋：

1. 周宏、高長梅、白昆榮等（1998），《學校心理教育全書（上）、（下）》。北京：九洲圖書出版社。
2. Goleman, Daniel（1995）. *Emotional Intelligence.* New York: Bantam Books.
3. Stoltz, G. Paul（1997）. *Adversity Quotient: Turning obstacles into opportunities.* New York: John Wiley and Sons.

第三章

成長歷程中的領悟

我的父親母親

談到抗逆力，我們也許一直有一個印象，以為它是心理學或社會學的一個理論。其實抗逆力是在生活實踐中領悟和發揮出來的，代表一個人生命裏潛伏着的，面對逆境時能夠作出回應、反彈、跨越，然後堅定向前走的力量。只是我早年時對抗逆力還沒有什麼認識。何謂 resilience？那是一個我完全陌生的概念。

我生於一個經歷過很多困難的家庭，父母給我的印象都是很有生命力和耐力的人。自我祖父那一代開始都是「行船」的，我的父親也是海員。那時正值中國五港通商，所謂靠山吃山，靠海吃海，不少寧波男人都紛紛面向大海，靠航海為生。由於家境困難，父親很早便輟學了，十四歲時被祖父派上船當學徒。父親告訴我，當時他很瘦弱，幸好上司待他不薄；見他年少，便打發他入餐廳，從學洗碗開始。不久，戰爭爆發，首先是中日戰爭，然後是內戰。他青年最美好的時光，全在艱難中度過。抗日戰爭時期，他從寧波逃至雲南，由於他曾在船上服務，略懂英語，在雲南有機會從事翻譯，在當時可說是另類工作。

在逃難期間，父親在雲南昆明結識了母親，二人後來在昆明結婚。我也是在戰後的昆明出生的。母親讀過書，亦曾從事教育工作。在我眼中，母親是一位堅忍、有生命力、勇敢的女性。我出生後，父母長途跋涉回寧波，跟祖父相會。後來又隨祖父遷往上海，本以為可以安居樂業，落葉歸根，誰知內戰爆發，我們舉家遷往香港。自此以後，我便一直在香港長大。

父親有句話常掛在嘴邊:「其實航海很艱苦，三面向海，一面朝天。」他在船上很孤獨，生活也很艱苦。他工餘時間一直學英語、學打字、學餐廳管理。事業拾級而上，後來終於晉升至管理階層。他認為人事最難處理，也經常帶給他煩惱。

他就是在百般的困難中，把我們四兄弟姊妹養育成人。我們四兄弟姊妹一一完成大學，可算是成材。因此之故，我一直都十分尊敬父親，覺得他為這頭家付出很多。在外工作，無論如何辛苦，無論人際上遇到什麼困難，他都堅持下去。他的堅毅，給我留下很深刻的印象。雖然因為常常航海在外，我跟他接觸不多，但他對我的成長，是有一定影響的。

父親出海的日子，母親便獨力教導子女，承擔家中一切事務，其中花了很多時間養育我們四兄弟姊妹。她是昆明人，說一口昆明話，在上海時也學習了上海話。來了香港，人生路不熟，學了一口不純正的廣東話，加上她說話快，別人跟她聊天未免困難，但她很樂觀，很努力面對多方的難處；幸好當時有不少人遷來香港，其中有她的同鄉，同鄉間便彼此支持，互相幫助。

母親沒有工作，留在家中照顧孩子，亦幫助很多同鄉朋友，我從她身上，看見一股很特別的生命力。

由是之故，我在家中成長，有很多的體驗。當時不知道，原來潛藏在父母生命裏，在他們遇到困難時發揮出來的，就是現在我們說的抗逆力。

寧波少年異地成長

剛到香港，一家人只能租一個房間，居住環境狹窄。人生路不熟兼且言語不通，經歷説不盡的難處。縱然當時生活環境簡單，經濟條件差，但亦因為簡單，一家人也就同心共融，一起面對困境。我雖是小孩，也在自己家庭和周圍環境中，耳聞目睹許多在困境中奮鬥的故事，領悟到如何實踐抗逆力。

後來到加拿大讀醫科，希望將來行醫。我們那個時代要在國外升學，大部分人都很刻苦。因為家境不好，暑假時我什麼工作都幹，試過整個暑假在一家工廠負責弄信封；又在哥爾夫球場當過雜工，還幫人家的草坪剪草，不是用機動剪草機，而是用一把大剪刀，修理剪草機剪不到的地方。除此之外，髹漆，倒垃圾，我什麼都幹。

在烈日當空下幹過苦差，我領悟到無論環境怎樣，既然已立下目標，便應該認真地讀書，為自己的將來作好預備。所以出國七年，我從未回過香港，連長途電話也捨不得撥一個，只靠書信跟家人朋友通消息。我讀書的地方天氣特別嚴寒，一年當中有七八個月都在下雪，我就是在這個相當不簡單的處境中完成學業。

以上就是我從年少至完成學業的成長歷程……

從我的成長歷程中，我體會到人只要有目標、有方向，無論環境如何惡劣，都會想辦法去克服。這就是我在實際人生體驗中學回來的功課，是生命中累積而來的寶貴經驗。後來我當了醫生，接觸很多病人，從中體會到生老病死的無奈，每個病人都有他們的故事，在人生路上顛簸前行，即使有埋怨，大部分病人都不會放棄，勉力迎向人生的大難關。與他們接觸多了，不知不覺間，我也學會如何面對很棘手的個案、如何與病人建立關係，以及怎樣陪伴病人共渡生命的難關。點點滴滴，累積成我生命中寶貴的經驗。

醫生經常與傳染病為伍，身體的免疫力亦因而提升；當你不斷在充滿病菌的環境中生活，體內的免疫系統亦會產生新的一種抗體和免疫能力，和病菌對抗。同樣道理，一個經常面對困境的人，他的抗逆力亦相對得以提升。所以，逆境是有正面作用的。這不單是理論，實況也是如此，是我在成長片段中得到的啟發。

不久，我感到單單醫治人肉體的不足，於是便修讀心理輔導，轉職當心理諮詢，希望幫助每一個求助的人克服內心的困境。無論是自我性格的困境、家庭或人際的困境，我們都要勇敢地面對。人生在世，原來不單有病患，身體會出毛病，心理和心靈也會出毛病，也同樣需要醫治；我的專業，就是要給他們援手，與他們一起走過人生崎嶇路。

前述突破機構與學校合作的「成長的天空」抗逆力培訓計劃，正是基於一份確切的信念而推行的：面對逆境，除了運用人先天的潛力，後天的培育和訓練，對提升抗逆力亦很重要。

我們先前所講的 CBO —— 效能感、歸屬感、樂觀感，其實就是指生命能力，這些素質是每個人與生俱來的。當一個人在成長的過程中得不到愛護，從身邊朋友中得不到支持，受到傷害，便會失去這些能力，或者未能發揮，不懂得將這些能力實踐。只是每一個人都有這種與生俱來的抗逆力，如果能給他們足夠的支持，在適當的地方幫他們處理曾經歷的創傷，得到醫治和能力，我相信每個人的抗逆力都能得以培育。效能感、歸屬感、樂觀感，是我幫助年輕人提升抗逆力的三個重要元素。

縱然全球面對逆境，我仍深信，我們可以在逆境中求變，可以提升自己的抗逆力，在逆境中展翅飛騰。

結語

我在本章分享了一點點個人成長的故事，我在自己父親和母親身上，發現他們都具備抗逆力的素質，在困境中養育四名子女，成長後都以不同角色貢獻社會和家庭。

我不敢說自己的成長歷程中有太多逆境，但總算是遭遇過一些貧困、挫折、異地文化適應、生涯規劃方向改變等考驗，讓我從中對抗逆力有些第一身的領悟。

第四章

醫治一個打擊自信的創傷

受傷的小獅王

在甚受歡迎的動畫《獅子王》(Lion King) 中，獅子王被自己的弟弟謀朝篡位，用陰毒的方法殺死了，奪去整個王國。牠的兒子——王位的繼承者森巴成了故事的主角。森巴最初還躊躇滿志，牠一鼓作氣，希望憑自己的力量替爸爸復仇，奪回自己的國家。但是，經過接二連三的挫敗，牠幾乎連自己的性命也保不住。

一次受傷後，森巴感到很絕望，內心陷入極大的困境。漸漸地，牠在傷痛中壓抑自己的感情，亦埋葬自己的記憶。失去了記憶的牠，同時忘記了自己的力量，在外漂流，不思振作。幸好在這困境中，仍有親密朋友和同伴對牠不離不棄，一路陪伴、支持。其中一個片段，牠最親密的戰友跟牠説：「你是一個王子，有一天你要成為獅子王！不要忘記我們眾人仍是這麼愛戴你、支持你！」在愛的動力支持下，森巴逐步恢復記憶，認清自己尊貴的身分，最終有勇氣回歸故土，幫助同伴重建家園，自己也重拾獅子王的身分。

已故教宗若望保祿二世（Pope John Paul II）寫了一本名為 *Memory and Identity* 的書，[1] 這本書感人至深又充滿哲理，給我很大的啟發。他在書中道出了自己對身分的回憶和反省。在波蘭和東歐的政治轉變中，若望保祿二世經歷了納粹和共產的統治、東歐的變天；他不但記敘曾目睹的事件，而且將客觀歷史進程，與個人歷史相互對照、印證。字裏行間，若望保祿二世坦誠而深刻地記載如何在歷史中聆聽自己的生命，他引述一個心理學家的提醒：「一個人的身分活在記憶中，這記憶包括在感受和思想上，把過去的東西記錄下來。每個人的身分深深地靠這記憶得以保存，因此，一個人若失去記憶，也就失去身分、尊貴、自信。」

若望保祿二世一生中曾遇上不少困難，但最終他仍能重新肯定自己的身分，畢生獻身服侍他人，成為無數人的激勵。有些人在成長過程中受到傷害，以致壓抑了某部分的記憶，忘記自己曾擁有過尊貴的身分地位，就好像獅子王所經歷的挫敗一樣。在我曾輔導過的個案中，也有不少相類似的例子，受助者在受傷的過程中忘記了身分，有些人則在殘酷的現實生活中將真我掩蓋。

另一個更特別的情況是一整代的人，對自己的過去，對自己的歷史，不認識，也不刻意追尋。沒有歷史感，冷淡地看待過去。這是非常危險的；因為只活在今天的人，不但沒有過去，對明天也不會有憧憬。

此類情況我稱之為集體失憶。或者也可以說，他們從不曾有過記憶，也不知道自己的身分。

為之而生為之而死

當人沒有身分，他就會失去存在的意義。

我在美國讀書時曾看過一本書 *Roots*，[2] 講述非洲裔美國人尋根的故事，印象十分深刻，後來該書被改編搬上銀幕，片中的非洲裔美國人追尋過去，一直追溯至自己的根源 —— 非洲。他們的祖先本是非洲人，後來北移至美國，並且落地生根。這本書引起在美國的非洲裔人很大的共鳴，紛紛回憶過去，重尋自己的身分，重建自己的尊嚴。

歷史不可被抹殺，不可刻意遺忘，因為其中蘊含着個人的價值和身分。我在加拿大讀書時，遇上馬丁．路德．金（Martin Luther King）帶領黑人民權運動的年代，他倡議人權和自由平等，提醒非洲裔美國人他們有尊貴的身分。在 "I have a dream" 這篇感人演說中，他提醒美國的黑人和白人，不要因為一個人的膚色而斷定他的價值。每個人都應當是尊貴的，在美國的憲法中享有同樣的地位、尊貴、自由。[3] 馬丁．路德．金當年的演說，擲地有聲，影響深遠，其中一個受影響的人正是現任美國總統奧巴馬。

也是因為黑人這一段歷史，令奧巴馬沒有忘記自己成長的地方——肯尼亞，他與母親和後父在肯尼亞住過幾年，令他知道自己美國人的身分，同時亦沒有忘記作為黑人的過去、民族尊嚴。他以自己的國家——美國為傲，也從回憶中，肯定自己黑人的身分，肯定自己追尋的目標和努力的方向。馬丁．路德．金曾經講過一句話：「如果一個人還沒有找到自己的身分，還沒有找到自己願意為之而生為之而死的使命，這個人就未曾好好地活過。」[4] 這句話成了很多人的激勵，亦說明了，一個人的身分明顯地影響他的自信和生命力。

家族身分的尋索

每個人都有多重身分，我的其中一個身分是蔡家的兒子。我的相簿中，有一張在上海拍攝的照片，是一張全家福。當時我只有幾個月大，祖父抱着我，父母站在兩旁。照片中，我開心地靠在祖父懷裏，一副很尊貴、很幸福的樣子。父母經常提醒我，祖父生前如何疼愛我。我曾回到出生地昆明，從長輩的描述中，知道在家族長輩中，我真的備受寵愛，是全家的寵兒。我的姨母很喜歡我，甚至要求母親把我過繼給她。她對母親說：「你還那麼年輕，我卻只有一堆女兒，不如你把兒子過繼給我，我幫你養大成人。你還有機會可以生很多孩子。」最後，母親決定拒絕姨母的建議，把我帶在身邊，去上海，又來到了香港。

假如母親把我過繼給姨母，我的故事便完全改寫。兒時的幾個片段，勾劃出孩提時一幅幸福的圖畫——我是蔡家的一個驕兒。因此，我從未曾懷疑自己在蔡家的身分。父親為人傳統，從來沒有跟我有過深層的對話。我寫過一本書《從未遇上的父親》，[5]講述我和父親之間溝通的難處。因為一些誤會和我工作的轉變，他對我作出猛烈的抨擊。雖然如此，我出國讀書前，親耳聽到他和母親在深夜的對話——父親決定把所有積蓄給我到加拿大進修，我一生都不會忘記這個片段，我很感激父親，也為蔡家兒子的身分而自豪，感到很驕傲和尊貴。

我也對蔡家歷史產生興趣，特地買了一本有關蔡氏典故的書。原來蔡氏在早期中國歷史已有記載。蔡氏始祖叔度，是周文王第五個兒子，在周代初被分封到「蔡」這地方。叔度的兒子仲賢智德雙全，繼續被分封於「蔡」，子孫後人便以封地及國名為姓氏，從此轉姓蔡。所以蔡氏最早出現於周，後人四散，分布在中國各地，寧波、福建等地都有蔡氏後人。蔡氏名人輩出，東漢科學家蔡倫，發明造紙術，開闢了一個新年代；蔡邕很有文采，從事經卷校訂；才女蔡文姬在生命舛乖中，創作了很多流傳後世的卷軸。我的字寫得不好，但蔡氏家族在宋朝卻曾出了一位大書法家蔡襄……[6]在閱讀這些典故時，我明白到每個人都有他的根、他的歷史。在艱苦奮鬥之中，每每留下令人敬佩的歷史。

回憶，是對身分的重新領悟和肯定。我檢視自己作為蔡家兒子的身分，整體來說，我是一個樂觀、有一定自信和身分認同的人。家庭中的位置和身分對一個人至關重要。我輔導的個案中，其中一個年輕人沉迷電腦遊戲，學業一落千丈，與母親起很大的衝突。每當他啟動電腦遊戲，即引來家中劇烈爭吵。作為兒子的，感到不被父母接納，特別是母親言語上的攻擊，在各方面都否定他。他備受傷害，繼而懷疑自己，更加想過放棄，讓自己一直沉淪下去。到了後來，他幾乎一蹶不振，無法重新站起來。經過長時間的輔導，他終於勇敢地面對父母，而他的父母亦重申對他的愛，他們從沒有想過放棄他。年輕人最終得以重建自己身分，重新振作，繼續向前走。

此類個案有很多，這不是有沒有能力作出改變的問題，而是身分的動搖，繼而打擊自信，削弱了在逆境中站起來的能力。

沒有歷史，集體失憶

一個人擁有的另一重身分是民族國家身分。每個人與生俱來都知道自己的民族身分，生於哪個地方，居於哪個地方，成長時會接受相關的民族教育、國民教育、公民教育，民族國家身分絕不會含糊。與此同時，一個人身為一個地方的公民，就有公民的責任和權利。因此之故，一定有作為國家公民獨特的身分、權利、責任和使命。

好些人論及美國年輕一代時，評語多是負面的，大都覺得他們很頹廢。但令人驚奇的是，每當美國遇上內患，或者受到外來的衝擊，這些年輕人便奮不顧身報效國家，甚至為國捐軀。這令我很感觸，不禁問：「為何他們有如此強烈的身分認同感？」另一個給我深刻印象的是南韓，這是一個多災多難的國家，在 1998 年金融風暴期間，全球無一幸免遭受痛擊，韓國人二話不說，為國家奉上金錢和力量，與國家共同面對困境。

這些片段使我感觸良多。為什麼在香港長大的年輕一輩會對國家民族身分集體失憶？想深一層，也是可以理解的，這跟我們所受的教育有關。香港的教育，一直有意無意地迴避公民教育。

中學時我只略略的學過中國歷史，我記得我的歷史老師很有歷史感，很努力向我們講解中國歷史。當時還沒有中國現代史，教授的是古代歷史。對中國歷史的深刻印象，反而是閒時閱讀武俠小說得來的，課堂上的歷史只能給我們很片面和模糊的印象，並不能培育出什麼民族或公民感，正式的公民教育課也甚少。到了高中後期，才開始宣傳「清潔香港」。那時才忽爾醒悟到，原來共建香港，是要香港人共同參與的，於是便出來清潔地方，談談公民責任，不過也是僅此而已。整體來說，公民意識十分薄弱。

我在英皇書院（King's College）讀書，每個星期唱英國國歌 "God save the Queen"，但我見到同學一般都唱得毫不起勁。我望着牆上英女皇的肖像，也感覺不到跟她有什麼直接關係，所以口裏唱的歌也不會發自內心。當時英皇書院的校長是英國人，訓導主任是英國人，連班主任都是英國人，英國文化的影響也就十分強烈。英皇書院就在這樣的氣氛下培育學生，因此沒有「香港公民」、「要愛香港」等的意識，更不用說「中國公民」。殖民地政府也不會多談「要愛英國」，所以在這方面的培育很是缺乏。

整整一代，有意無意地抹去記憶，抹去歷史，可說是集體失憶。我們對自己的民族及國家身分可說是空白一片。到了九七年香港回歸，回歸到一個本該是我們的根，卻甚是陌生的國家政權，換來的竟是集體移民潮。因此當時我感到很奇怪，香港回歸祖國不是一件值得慶賀的事嗎？為何反倒引起如此大的恐慌？由此可見香港人對自己的國家民族的陌生，對國家的不信任，對國家以往的苦難也有另一種看法。當然，移民潮背後也可能是顯示不少人估計回歸後可能出現政治及經濟的逆境，很多人都有逃避逆境的傾向。

我究竟是誰？

我是在加拿大讀書時，開始留意自己的民族國家身分，醒覺到這個身分的重要。我的第一個房東是一個烏克蘭家庭。雖然他們已遷居加拿大，但很明顯仍然保留烏克蘭的生活傳統，經常將烏克蘭的歷史掛在嘴邊。不論是吃的東西、講的話題，都充滿着家鄉色彩。後來我換了房子，房東是德國裔護士，她的丈夫在第二次世界大戰中喪生，只剩下她孑然一身定居加拿大。她經常講起德國的故事，魂牽夢迴自己的家鄉。當時，加拿大剛剛出現一股熱潮：加拿大人醞釀棄用英聯邦旗幟，要有自己的國旗，並打算譜製國歌。後來，他們用了紅楓葉做國旗，又編成了一首加拿大國歌，再加上剛有一位很出色的總理 Pierre Trudeau 冒起頭來，突然間全加拿大吹起一陣愛國狂熱，加拿大人為擁有自己的國旗、國歌和出色的領袖而驕傲。

加拿大更要與英國劃清界線，立志成為一個獨立的國家。而更特別的是，參與在這個熱潮中的，不乏意大利裔和希臘裔人，但他們都沒有忘記自己的根源，沒有忘記自己的身分；反而我這個從香港來的留學生，置身這個環境，倒有點格格不入。當我唱加拿大國歌時，不禁想起：「究竟我屬於哪裏？為何我的身分如此模糊？」

記得中國女排第一次奪得世界冠軍時，我心中突然湧現一份莫名其妙的興奮，有如自己登上世界冠軍的寶座。但奏起中國國歌時，我卻感到很陌生，不知如何回應，五星旗冉冉升起之際，我更感到與祖國之間遙遠的距離。心底無法自然地發出認同，因此對自己的身分產生懷疑及動搖。

這種身分意識的轉捩點在我大學畢業一年後出現。那時我到多倫多當暑期工，在一個高爾夫球場做雜工。暑假快要完結，我參加了一個為大學生而設的夏令營。那是一個我畢生難忘的營會，是我重思身分的轉捩點。營會中兩位主要講員是艾德理牧師（Rev. David Adeney）和徐松齡牧師（Rev. Stephen Knights），他們分別是美籍和加拿大籍的，而且都曾長期在中國生活過，以宣教士的身分在中國最艱難的時期，奉獻了他們年輕的歲月。看着他們一頭白髮、白皙的皮膚，用一口流利的普通話説着中國的歷史，心中有一種很特別的感覺。艾德理牧師的普通話帶四川口音，很明顯是在四川生活時學回來的。營會的導師中，還有一位英國護士和一位瑞典人已學會了普通話，他們都打算到中國。我在營地旁的湖邊靜思，一再問自己：「我究竟是誰？」這些人跟我的膚色不同，卻比我更了解中國，更愛中國，我心中泛起了一陣漣漪，很想學好普通話，很想多知道中國歷史，甚至很想去尋根。不單是我，有不少營友，都跟我有相同想法。

營會結束後，我們又回到校園，一班同學和師兄發起了在當地唐人街進行探訪，看看當地華僑生活得如何。不少老華僑在加拿大只能找到基層工作，在餐館打工。我們走訪他們，了解他們的需要。一位八十多歲的老伯伯，我們已探訪他多次，一趟探訪後，臨走時，他忽然站起來，脫下帽子向我們致敬。我們感到十分驚訝，他說：「容許我向你們致敬吧。因為我來到加拿大這麼多年，一直孤單一人。想不到你們幾個年輕人這樣有心，經常探望我，支持我，給我很大的安慰。我昔日曾當兵，容我用軍禮向你們致敬。」

這份情、這次異地的相遇、這一點點的關懷，擴闊了我的眼界。在他們身上，我們一班年輕小夥子開始明白什麼叫做記憶和身分。從此以後，我對國家的身分、歷史、語言產生興趣。後來，當我回到香港後，曾多次走遍大江南北：出生地昆明、幼年居住的上海、首都北京、古都西安、長江三峽、四川、武夷山、黃山、中山等地，着意尋找自己的根。

每一趟回到中國，我都不是單單抱旅遊的心態，去的地方也不只是像長江三峽般的旅遊熱點，而是更北部的地方，包括大西北的甘肅、蘭州，往那裏追思自己中華民族的身分 —— 在那裏我更能體會什麼是「黃土地」，更加欽佩在農村成長的人那種堅忍；更明白為什麼稱「黃河」是母親河，原來那裏是中華文化其中一個發源地。因為重新肯定了自己的身分，畢業後，我選擇回歸香港。當九七香港回歸中國，我心底有一種無以名狀的喜悅。

在過去十年，我經常往返上海、北京等地，參與青年工作者的培訓和交流。最近又去了四川，參與汶川地震災後重建的心理康復培訓工作。我愈走近中國，愈肯定自己的身分。原來有無數的人與我是同根生的，雖然大家成長的歷史軌迹不同，走過的路段不同，經歷的考驗也不同，卻有着同一個國家民族身分；不管我們知不知道，不管我們願不願意，我們的生命都是彼此牽繫着、相互影響着。我愈來愈相信一個人的身分的重要性，就像一張身分證，記載了個人重要的資料 —— 感覺，尊嚴和存在的意義。受打擊的時候，把身分證拿出來看一下、靜思一下，想必能夠讓你重新建立自己，增加你的自信和肯定。

天父兒女的身分

中六那一年，我認識了一個朋友，他給我很深刻的印象，直至現在仍是我很要好的朋友。我之所以開始留意這位同學，皆因他讀書很認真，成績很好，很關心其他同學。在他身上，我看到一種與別不同的氣質。中六和中七兩年，我們都同班。中七時，生物科有很多解剖工夫，我們經常在他家中一起做實驗，變得很熟稔。他是一個基督徒，因為信仰，他對生命很投入，對人有一份真誠，隨時隨地活出真我，令我很感動。就在中七那年，我有機會跟隨他參與佈道會，我在佈道會中接受了基督，成為了基督徒。作為基督徒，我多了另一重身分——天父兒女的身分。初期，這個身分還很膚淺、很模糊，但卻是人生一個新開始。

在加拿大讀書的七年時間對我有很大的影響，因為我在這片陌生的土地上，找到了一個很有歸屬感的羣體——一班從香港及東南亞等地來的學生。我們彼此關懷和激勵，在校園和唐人街貢獻我們的力量，還出版了一本雜誌——《泉源》，對在異鄉讀書的留學生，講述自己的身分、生活、生命、意義。這個羣體給了我一份歸屬感，我們同屬於一個大家庭，亦因着信仰有了新的身分。

每一年，我們都會到不同的城市聚集，舉辦學生冬令會。在冬令會，大家有更深刻的認識。當來自不同的城市的學生聚在一起時，那份歸屬感、彼此的支持、身分的認同感更形強烈。猶記得一次聚會中，講員教我們唱出自《聖經》改編的歌：「我兒，將你的心給我，你的眼目也要喜悅我的道路。」(《聖經 · 箴言》23:26）當晚，恰巧是我做即時傳譯。講員説到他如何尋回天父兒子的身分，天父如何叫他把心交給祂，故事十分動人。他一面講，我一面翻譯，不知不覺，心裏十分感動，竟不能自控地流下淚來。原來天上的父親是那麼深深的愛着我，願意我把心交給祂，而祂亦把兒子的身分賦予給我。這是一個很深的體會 —— 我是尊貴的，我是天上父神的兒子！

如果我能夠好好把這個尊貴的身分活出來，那真是太好了，我要為這個身分好好的生活。信主數十年，有時會迷茫，有時會失落，但每次，天父兒女的身分都會讓我重新振作，成為我生命中一個很重要的支柱。

結語

一個人失去記憶，便失去身分；失去身分也失去自尊和自信。在這一章我探討自己尋找家族身分、民族和國家身分，和屬靈身分的心路歷程。要建立自己的抗逆力，不妨從根基開始，先回答一個最基本的問題：「我是誰？」

讀者不妨做一個身分回顧的習作。第一個是家庭身分。每一個人都有家庭，不論是陳家、李家、蔡家，我們對家都有一份歸屬感，家庭賦予我們尊貴和自信。讓我們安靜一下，反思我們對家的歸屬感怎樣？對作為兒女的身分有何看法？跟父母的關係怎樣？身分認同有沒動搖，自尊有沒有損害？可以寫下來，反省一下。我相信也許會有一些負面的回憶跑出來，但亦一定會有一些珍貴的片段浮現。我相信我們都曾在家庭中得過愛護和肯定，讓我們對這個身分重新思考。

第二個身分是國家民族的身分。每個人都有自己民族的歷史和根。我們可以追憶在自己成長的過程中，民族和國家身分的歷史痕迹。鼓勵你將自己身為中華民族的看法寫下來；若環境和時間許可，不妨到內地跑一圈，在旅途中寫下感想，再把它跟你對祖國的回憶相對照，重新思考國家民族的身分。

第三個身分是信仰的身分，讀者可以自由發揮。每個人都有信仰，無論是什麼信仰，都牽涉身分問題。我的信仰驅使我相信生命中有一位創造者和救贖主，我是屬神的兒女，我的身分既尊貴又帶使命，並且催逼我走入人羣，謙卑服侍。你的信仰對你又有什麼身分的呼喚，不妨靜下來，反思一下。

註釋：

1. Pope Paul, John II (2006). *Memory and Identity: Conversation at the dawn of a millennium*. Waterville, Maine: Thorndike Press.
2. Haley, Alex (1976). *Roots: The saga of an American family.* New York: Doubleday.
3. Cambridge Editorial Partnership(ed.) (2005). *Speeches that Changed the World.* Smith-Davis Publishing Ltd., pp.148-153.
4. Cambridge Editorial Partnership(ed.) (2005). *Speeches that Changed the World.* Smith-Davis Publishing Ltd., pp.154-155.
5. 蔡元雲（2002），《從未遇上的父親》。香港：突破出版社。
6. 姓銘堂（2008），《蔡姓銘》。深圳：姓銘堂。

札記頁

（一）試回憶自己的家庭歷史，從中反思自己的家族身分：

（二）請你反思自己的教育背景及文化接觸經歷，從而尋索自己的民族和國家身分：

（三）你可曾思索過自己的信仰身分？

第五章

與一個你在乎的人復和

雁

我讀過很多《心靈雞湯》裏的故事，[1]其中有一個很特別的，是關於雁的。

雁經常羣飛；羣飛原來有實際的功能。當一隊雁羣飛時，牠們振翅所製造的氣流，既能夠互相承托，使飛行更有效率，又可節省氣力，飛得更流暢。此外，隊飛的羣雁在飛行途中，一直保持緊密溝通。研究指出，飛在最前方的頭雁承受最大風阻，飛行時特別吃力，不久便十分疲倦，有時候，雁會發出聲音來彼此鼓勵。後面的雁發出叫聲，彷彿說：「努力啊！我們支持你！」牠們互相呼應，彼此支援。

牠們又會輪流帶領。當頭雁感到體力不支，牠會退下來，由另一隻雁頂上，承擔更強的風力，尾隨的雁繼續扮演支援的角色。牠們的角色時刻互補和配搭，真的很特別。假若有雁兒受傷，羣雁不會就此丟下牠不顧，其中一隻雁會陪着牠，找一片陸地，找一個水源，餵牠喝水、替牠療傷，陪牠度過康復的過程。然後牠們會一同起飛，尋回隊伍，繼續遷徙之旅。即使傷雁不幸重傷不治，伴飛的雁亦會陪伴牠至最後一刻，然後才獨自歸隊。

雁很有方向感，牠們對季節的變更特別敏銳，天氣冷時會往南飛，不會錯過歸期。牠們這些特點引起不少人的好奇，也難怪有那麼多人來研究雁。牠們的行為，牠們的習性，對人很有啟發性。

中國人很着重雁的羣飛，其中一首唐詩引起我很多反思。「別路雲初起，離亭葉正稀，所嗟人異雁，不作一行飛。」這首詩很有意境，描述人背井離鄉，就如迷失了的雁，孤身上路，其中的淒酸，不足為外人道。到了一座亭，離別親人，落葉徒添淒清的感覺，和生離的痛苦。詩人當時發出一個嗟歎：「為何人不會學雁一般羣飛，減少孤單的感覺，而選擇孤身上路？」

我在加拿大常常看見一羣一羣的雁，在中國內地也不時見到雁兒羣飛，倒是在香港比較少見。人不是孤獨的，應該有羣體的支持，人生中得到他人的支援與否，生命的演繹自是不同。我從事青年工作多年，察覺到假若一個少年人得不到父母的接納和關懷，得不到朋友的支援，他的力量很明顯削弱了，在孤立的情況下就格外容易自暴自棄。人是羣體的動物，自呱呱墮地以後，最重要的羣體就是家。家成了一個人獲得愛、支援、信任和肯定的羣體。在一個滿有愛的羣體中長大的人，會有充分的安全感、自信和歸屬感；倘若羣體出了問題，這個人的生命很可能要面對許多的難處。自立以後，另一個重要的羣體是朋友，人需要朋友的認同；人需要朋輩的支持，在朋輩中有歸屬感。

家庭，是內在的羣體，朋友，是外在的羣體，都是支持、幫助人完成自我建構的羣體。我們無從選擇內在的羣體，有時來自家庭的傷害最令人感到無奈。但外在的羣體卻必須慎重挑選，誤入不良的羣體，會動搖所有生命的價值和意義。我參與戒毒工作時，發現很多人誤入歧途的原因，往往是受了不良羣體的影響。到了出來謀生，工作的羣體便變得很重要。正如羣雁一樣，工作團隊往往考驗成員的協作能力，也考驗個人的人際能力。一個人一生大部分時間都在職場中度過，除非你立心孤立自己，除非你認為那份工不值得投資心力和精神，不然，我們必須與這個羣體充分合作，讓自己得到支援，自己也在羣體中發揮力量，完成自我，如果彼此競爭，被同事孤立，就會承受很大的打擊。

在面對逆境時，其實家人、同事和朋友都是我們的重要的支援。歸屬感不只是一個概念，更是一份滿有愛、信任、支援的關係，人不論處於順境或逆境，都十分需要這種重要的生命力量。

其實我並不認識你

Dr. Larry Crabb 是我很喜愛的一位心理學家，我唸輔導時，經常讀到他的書，他也是一位很成功、很出色的輔導員，他的作品深深的影響了很多人，我也是其中一個。

他曾寫過一本名為 *Connecting* 的書，[2] 當中提及一些他個人的真實經歷，那些經歷如何令他醒覺，重新思考輔導的重要元素。事緣當他的兒子步入少年期，開始變得反叛，做出一些叛逆的行為。有次他跟兒子傾談，想不到兒子單刀直入的對他說：「爸爸，我覺得，其實我不認識你，你也不認識我。在很多方面，你並不了解我；因此，我做出這些行為。」

Dr. Larry Crabb 震驚萬分，他心想：「我豈不是已經做足一切家庭教育，盡上家長的責任，提供了足夠的德育、生命教育？我在家中甚至用投映片作教導的材料，所有的觀念都不是教過了嗎？為何會弄至如斯田地？」這一切令他有很大的挫敗感。一次，幾個朋友約他吃早餐，跟他聊天。其中一個朋友說：「Larry，其實我們跟你交往這麼久，也感覺不大認識你。每次你說話都是很理性的，能夠講出很多道理，給予我們解決問題的方法。但其實你為人怎樣，我們卻不甚認識。我們跟你溝通亦有些困難。」

這兩次談話令他深刻反省：「究竟怎樣才算深入的交往？為何連自己的摯友和兒子也這麼說？」他開始徹底反省自己的輔導工作，翻閱自己的理論，後來寫成了 *Connecting* 這本書。他形容這一代，是「心靈上失連」（disconnected soul）的一代。"Connecting" 是聯繫和結連，而 "disconnected soul" 則是心靈的失連：有些人從未試過跟任何人有心靈深處的互動接觸。因此，他們在成長中，經常感覺自己不為人所知，甚至對自己的認識也是很模糊的。當一個人與外界失去結連，他便從未經歷過被人信任那份驚喜，亦從未經歷過愛與被愛的喜悅。「心靈上失連」實在給我很大的反省。

原來一家人相處，也未必有深層交流和認識，缺乏被信任和被愛的感覺。到長大成人，與其他人相處時，也很難信任別人和付出愛。信任和愛是生命中很重要的經歷；倘若自己未曾經歷過被信任和被愛，自己亦很難跟人結連。沒有信任，便談不上建立更深入的關係。歸屬感並不只是技巧上的歸屬，也是生命結連的歸屬。輔導並不局限於純粹理性交流，也不只幫受助者糾正偏差的行為，而是要處理深層的結連和歸屬感的問題。

這一代的人，很多時透過網絡與別人接觸，微軟（Microsoft）的創辦人之一比爾．蓋茨（Bill Gates）在他的著作中也談及這個問題。[3]他在書中提及「連繫」（connectivity）一詞。由於現今科技發達，這一代的人都是透過網絡和資訊科技來結連。他說：「我這麼大的一間公司，我跟所有顧客都是 'one-click-away' 的。」意思是只要用一根指頭按一下鍵，就可以與顧客結連。

在電子世界中的結連，可以讓我們建立真實的關係，甚至親密的交往，正如我們透過 Facebook 這社交網站可以認識很多朋友，在不同的網絡服務中，也可以建立許多的溝通渠道，但我相信網上「虛擬」(virtual)的結連，最終也會發展成真實的交往，而不只是倚賴電子媒介中的交往，因為人心底裏渴求的，始終是真正面對面、相互交心的結連。

獨生孩

日本有一齣著名的電視劇集，後來給拍成電影，名叫《電車男》。戲中主角「電車男」在網上得到很多網友的支持，但最終他也要花上很大的力氣，才能跟他在電車廂中偶遇的一個女孩慢慢建立關係。他遭遇很多的挫折，但網上的朋友給他很大的鼓勵和支持，儼如一個真實的羣體。不過，虛擬的世界始終不能取代現實世界，他仍要跟那個女孩建立真誠、互動、深入的關係，彼此信任、欣賞、相愛。因此，透過資訊科技的連繫跟心靈的真實世界的結連，不是互相排斥，而是彼此互動的。

現時香港人口的出生率大幅下降，由從前每年八萬個嬰兒出生一度跌至三萬。雖然近年已回升至五萬，但接近一半都是從內地來香港產子的；香港本地的出生率依然持續下降，在最低點時，每個家庭的出生率不足 0.7 個孩子，即一個家庭單位不足一個孩子。現時出生率已回升至每個家庭 0.9 個孩子，可謂獨生孩子的世界。而且，愈來愈多上世紀末出生的獨生子女開始為人父母、老師，正養育和教導下一代的獨生孩子。

獨生孩子大多心智發展良好，思想靈活，學習能力強，對科技掌握得非常出色，能在網上結連很多朋友。最近有一本書提出「網世代」(net generation) 這個新名詞，作者 Don Tapscott 形容這一代是 "grown-up digital"。[4] 他們都很樂意與人合作、交往，透過網絡認識很多的朋友，這是他們可取的地方，但在真實世界，他們跟人交往卻有很大有困難。

多元智能理論中提及的九種智能，當中包括內省和人際的智能 (intrapersonal, interpersonal intelligence)。在這兩方面的智能，新一代真需要加倍努力，雖然他們掌握很多資訊，但缺乏空間去自省，內省智能發展不大理想。他們在家中經常獨處，跟平輩的關係疏離，以致人際智能的發展也甚為缺乏。

另外，基於學習的壓力，父母和子女的關係也變得功能化。父母要監督孩子做好功課，安排孩子學習多種活動，令孩子飽受壓力。我們看見這一代學習很多東西 —— 學鋼琴、跳舞、球類活動等等，時間表排得密密麻麻，孩子根本沒有時間做其他對生命成長更重要的事情，沒有時間與自己聯繫，沒有時間與家人聯繫，更沒有時間與朋友聯繫，漸漸變成一個頭腦發達，心靈卻與外在世界失連的獨立個體。

數年前我在上海着手青少年培訓工作，到過好些學校跟當地年輕人交流，其中一幕令我留下深刻的印象。在一班高中二年級的英文課裏，老師以一口流利英語授課，我們則在旁邊觀察。那一課的題目是 "Man's Best Friend"，當時老師首先播出一段錄影帶，片段中提及一個美國家庭如何跟狗成為很好的朋友，然後，同學們在網上蒐集資料，輪流講述人和狗的關係，原來有些狗會成為導盲犬領盲人上街，有些甚至成為人在危險中的保護。課堂上講的都是人和狗的感人故事，講述他們如何成為人類的好朋友。

當學生匯報完畢，便進行分組討論。老師告訴學生，今天有一些從香港來的朋友在分組中參與交流。我所在的那一組，學生以一口流利的英語討論，我留意到其中一個男學生，強烈地表達自己很喜歡狗。於是我問他家中有否養狗，他回答家中不允許。我續問為什麼，他說父母恐防養狗會分散他讀書的專注力，因此不允許。我又問他為何如此喜歡狗，他這才講出因為他沒有朋友，整天都一個人呆在家中讀書，家中沒有人陪他玩。我問：「那麼你的同學呢？」他卻用英語答道：「他們不是我的朋友，他們是我的競爭對手！」（They are not my friends. They are my competitors.）

原來他凡事爭取第一，只視同學為競爭對手。他說時一直顯得十分激動。我後來慢慢跟他詳談，表示我關心他，明白他的感受。討論完結後，這個同學主動走過來跟我說：「我可否要你的電郵地址？」我看着他的眼睛，就知道他很渴望結交朋友，即使我跟他屬於不同年代，身處不同地域，他亦很想與我結連，成為朋友。我那一刻有很大的觸動，原來人真的很需要朋友，心內有很強烈的歸屬渴求。

從未遇上的父親

我寫過一本書《從未遇上的父親》，[5]講述在家中與父親的結連。由於職業背景的關係，我父親是一個很傳統的人，他説話一向不太直接，有時我覺得他離我很近，有時卻很遠。我知道他很愛我，但卻從未聽過他親口説類似「我愛你」這樣的話，也沒有説過一些正面肯定我的話。父親給我的感覺既近且遠，既熟悉又陌生，既親密又疏離。

我和他的關係大部分時間都處於矛盾的狀態。雖然我從沒有懷疑過自己身為蔡家兒子的身分，但跟他始終談不上心靈上深層的結連。後來我轉行，從醫生改當一名青年工作者，父子關係陷入前所未有的張力之中，我倆都受到很大的傷害。

當時，父親對於我的轉行感到十分震怒，狠狠地教訓了我一頓，語氣十分嚴厲。我起初不以為意，但原來父親的話已深深埋在我的心裏。其實人心底都很渴望得到家庭和自己尊敬的人的接納和肯定。和父親的決裂，使我一直耿耿於懷，甚至懷疑自己的工作。不被最親的人接納，使我信心動搖，情緒經常高低起伏。

重建這段關係的轉捩點，源自一個心理輔導工作坊。工作坊邀請了一位醫生和心理輔導專家，從外國來港主持講座。專家指出，人與父母或最親的人的關係，往往會影響自我形象和自我肯定。他在講座中問道：「不知道在座哪一位與家人的關係有困難？」我立即舉手回答：「有！」一般人通常不會在公開場合流露自己的需要或缺乏，我是芸芸數十人裏勇敢面對自己的幾個人。那位講員請我站起來，走到禮堂後面，然後找兩位同學跟我深入傾談，嘗試找出我的困難，以及為我祈禱。我那一刻心中不大高興，起初以為他會給我一些正面的教導或指引，誰知他只叫我和同學傾談。

只是，我永遠不會忘記那一幕。我跟他們二人開始談及和父親的關係，由成長的經過開始，一直至怎樣決裂的詳情。他們一直耐心聆聽，然後提議為我祈禱。於是我閉上眼睛，開始禱告。想不到當我閉上眼睛安靜禱告時，眼淚就奪眶而出，大哭起來。一直以來，我都以為是父親傷害我，他不了解我，不接納我，不信任我，多方攔阻我追尋生命的方向。但安靜祈禱時，我的眼睛霎時明亮，看見自己也嚴重傷害了父親。他把所有的積蓄給了我，亦跟我説過，我是蔡家第一個唸大學、當醫生的孩子，而我卻忽然轉行，其實對他造成很深的傷害和打擊。那時，我一直哭泣，跟天父作了一個禱告：「求天父赦免我！讓我更明白父親所受的傷，多了解他，讓我不要總是用一個受害者的心態與他交往，也要明白他所受的傷。」

那時，我深深體會到*Forgive and Forget*作者所講的，[6]只有透過饒恕才能忘記傷痛、得到醫治。我的眼淚起了洗滌心靈的作用，令我感覺到被饒恕，明白到我有需要主動了解父親。這種心態上的轉變，消除了我對父親的抱怨和恐懼，令我們以後的交往跨進了一步。

後來父親信了主，也換了一個方式跟我相處。有次我回家探望他，他對我説：「進我房間來，我跟你聊一下。」每次進他房間談話，我都感到很驚惶，因為每次他都用嚴肅的話教訓我。料不到我一進房裏，他就哭起來。我感到很驚奇，因為在我記憶中，父親從未在我面前流過淚。他説：「元雲，我每次看到你都感到很內疚。我罵你那麼多次，你還是來探望我。我覺得很對不起你，很內疚。」我驚奇地看着他，説：「爹爹，你知道嗎？其實每次來我都很怕，我覺得你很討厭我做的事，所以我很怕被你拒絕。」回想過來，一個內疚的父親和一個受驚的兒子，彼此之間根本難以溝通和結連。當時他的眼淚消除了我們的隔閡，我們手牽手，説着心底話，又一起禱告。那一次的結連，我們父子二人都得了心靈上的醫治，我感到愛與被愛，重新肯定自己是一個被接納的兒子，亦肯定了我作為父親和兒子的身分。我們之間那份互相的信任，觸發了我重整生命的內在能力。

多年來的青年工作，我扮演過很多不同的角色。跟年輕人同行，亦師亦友，有時甚至扮演父親的角色。這一趟復和之旅，給予我更大的動力和肯定，繼續實踐我的召命。2007 年，父親為疾病所糾纏，逐步失去記憶，要入住安老院。每次我探望他，都會用歌曲和舊事試圖勾起他的記憶。有一次，醫生把我們全家人叫去，告訴我們父親的病情已經十分嚴重，很可能無法支撐下去。我鼓起勇氣，向醫院提出一個特別請求，希望有個特別的房間，讓我們一家四代共聚一堂，彼此共訴心底話。醫院依我的請求，安排了一個房間，把父親的牀推進去。我們一家四代共二十六人聚在一起，牧師帶領我們唱詩，鼓勵每個人到父親耳邊說幾句心底話。於是我們都講一下對父親的尊敬和愛護。我記得四弟講了一段很感人的話：「爹爹，其實我很怕你，但也很愛你，尊敬你。」雖然父親當時身體很疲乏，很明顯走到人生最後一程，但心靈是清醒的。從他的眼睛和表情，知道他聽到我們的話。我們握着他的手說話時，他的臉總是安詳的。

之後父親意外地繼續活了四個月。這四個月裏，他都躺在醫院裏，後來轉到療養中心。這四個月對我們一家起了很大的治療作用，我每天早上都往探望父親；母親和弟妹、甚至我的孫兒也經常去探望他。我們會透過慰問卡和手造的記念品表達關懷。四弟每天早上都去探望父親，握着他的手，為他朗讀一段《聖經》，與他祈禱。四弟告訴我，以前他很怕父親，從不敢觸摸他。但這幾個月來，他能夠每天跟父親分享心底話，感到很滿足和安慰。四弟是家中最小的，他在成長中跟父親的距離很遠。父親提早退休，四弟在家裏跟他接觸最多，經常被父親責罵。在父親人生最後一程，我們一家人的關係突然拉得很近，形成一種強烈的心靈結連。我們一家四代，連同我的三個孫兒，更有機會跟父親——他們的曾祖父拍照，留下珍貴的回憶。

人與羣體的結連是很重要的。倘若人在最重要的羣體——家庭，找不到歸屬感、愛和信任，將來踏足社會，想必會面對很多考驗。

我認識一個十四歲的女孩，在學校跟別人相處出現困難。父親對她性格的懦弱畏縮、成績的下滑，感到相當不滿和憤怒。女孩的感覺很敏銳，心裏知道家人對她的不接納，這種有聲無聲的排斥傷透了她的心。她的情緒更是每況愈下，變得愈來愈抑鬱和孤立。後來她甚至不想上學，把自己困在一個小圈子裏，而且需要服用抗抑鬱藥，令腦神經的分泌回復正常，亦要接受輔導，讓輔導員來開解她。

對這位女孩來說，關鍵在於重新與父母親結連，以至能重新肯定自己，不會在最重要的羣體中失去歸屬感。若果她在這方面的信心受到動搖，那麼將來投身社會時，要走的路肯定絕不容易。我鼓勵她與家人重新建立關係，不要躲避同學，這對於她將來的成長和抗逆力的培養都很重要。

抗逆力其中一個重要元素是歸屬感，歸屬感是指人跟對自己重要的羣體有心靈上的結連。人最重要的羣體始終離不開家庭。如果與家人的關係決裂，就應該儘快復和。另外，朋輩也是不能缺少的歸屬羣體，這也是一個很重要的關係。倘若人有這份歸屬感，它就會成為逆境中的抗逆力和支柱。

以下我想邀請讀者來做一個心靈習作，來修補你與至親的關係。過程分四個步驟：[7]

第一個步驟是 I hurt：承認自己在過程中的確有傷痛。這步驟並不容易，因為人通常不願意面對和承認自己的傷痛。

第二個步驟是 I hate：面對自己對人造成的傷害。人在受傷時會反擊，有意無意地令對方受傷害，所以人在憤怒時可能會彼此傷害，只是人也通常不會承認自己是那個傷害別人的人。

第三是 I heal myself：懂得自我醫治。一個受過傷的人，很難跟別人建立深入的關係。他們很難面對自己的傷痕，難於自我醫治、饒恕自己和對方。人應該安然面對自己的傷痕，和對別人造成的傷痕。假若能夠有信仰支持，就更可以有多一個角度去看事物 —— 神的愛和饒恕，對自我醫治大有幫助。

第四，We come together：我們復和了。復和需要雙方面的努力，是互動的，不能只靠單方面的。因此，若果其中一方仍然感到憤怒、受傷、不願意伸出援手，要復和是很困難的。不過，這個階段需要我們等待，等待自己復原，亦等待對方被醫治。然後兩個經歷過復原的人，就能冷靜地面對面坐下來，手牽手共同復和。這個過程不能一蹴即就，甚至可能很漫長。

結語

人不是一個孤島，每個人都需要一個自己能歸屬的羣體。每個人最重要的羣體是自己的家庭；然而我們跟家人卻往往容易出現一些關係上的裂痕，需要修補。抗逆力其中一個重要元素是歸屬感，要建立歸屬感可能牽涉到尋求與自己的家人、同學、老師、或朋友復和。在本章我便分享了自己與父親復和的故事。

盼望大家在以下這個習作中安靜下來，想一想：在家庭和朋輩中，有否希望與他修好的人？大家可以安靜，有步驟地記錄下來，循着上述四個步驟，寫下自己的經歷。然後把經歷化作行動，與一個我們在乎的人復和。這對將來我們建立在家庭、學校、工作間的歸屬感很是重要。

註釋：

1. Canfield, Jack & Hansen, M. V.（1993）. *Chicken Soup for The Soul.* Florida: Health Communications, Inc.
2. Crabb, Larry（1997）. *Connecting: A radical new vision.* Nashville: Word Pub.
3. Gates, Bill & Hemingway, C.（1999）. *Business@The Speed of Thought: Using a digital nervous system.* New York: Warner Books.
4. Tapscott, Don（2008）. *Grown up Digital: How the net generation is changing your world.* New York: McGraw-Hill.
5. 蔡元雲（2002）。《從未遇上的父親》。香港：突破出版社。
6. Smede, Lewis B.（1984）. *Forgive and Forget: Healing the hurts we don't deserve.* New York: Harper & Row.
7. Ibid.

札記頁

請將你和一個你在乎的人的相處中所引發的感受寫下來：

我傷（I hurt）

我恨（I hate）

我得醫治（I heal myself）

我們復和（We come together）

第六章

尋找一個信任你能力的人

功夫熊貓

《功夫熊貓》這齣電影，講述熊貓阿寶成為一代武術大師的經過。阿寶的鵝爸爸是一名麵食師傅，阿寶理所當然成為爸爸身邊最得力的助手。鵝爸爸的心願，是阿寶將來能子承父業，成為一位出色的麵食師傅。只不過，阿寶心底裏最喜歡鑽研的，卻是武俠歷史；他醉心武術，終日夢想有一天成為最出色的武術大師。結果在一次因緣際會之下，他果真離開家門，開始尋師學武。

阿寶的故事就從他出發尋找名師而展開，當中他遇上了曲折傳奇的過程，而結果亦真的給他找到一位武學大師 —— 施福大師。施福大師曾經調教出五位得意弟子，世稱「蓋世五俠」;「蓋世五俠」原來也是阿寶心中很崇拜的英雄人物。阿寶一心拜施福大師為師，心裏覺得能成為他的弟子，真是一生最大福氣。可惜經過幾番試驗，施福大師覺得，阿寶並非他心目中的徒弟人選，因而不願意收阿寶為徒。

只是過了不多時候，阿寶又遇到另一位大師 —— 胡貴大師。胡貴大師是一隻年長、有智慧的烏龜長老。胡貴大師仔細觀察阿寶，認為阿寶有質素和潛力成為一位武術大師。他跟施福大師說：「你教他吧，你只需要相信他。或許傳統的教法不行，你可以試用其他方法。」施福大師半信半疑之下試教阿寶，結果發現阿寶果真有武術潛質，只不過要另出奇招來誘發阿寶的潛質。施福大師用食物為阿寶建立一個獎賞系統，就這樣開始給他傳授功夫。不久，一個前所未有的強敵大豹出現，連「蓋世五俠」都敵不過他。到了緊要關頭，施福大師把武林祕笈——「神龍祕笈」——傳給阿寶來對付大豹。只是「神龍祕笈」原來只是一張白紙，不過阿寶卻從中領悟到，根本不需要仗賴什麼祕笈，最重要是相信自己真的與眾不同。他最終用自己研創出來的熊貓招式，打敗強敵大豹，成為一位非常出色的武術大師。阿寶成功尋師學藝，完成心中夢想的旅程；他因為獲得胡貴大師和施福大師的信任，而終能如願以償。

世有伯樂，然後有千里馬。單從表面，我們很難判斷一隻馬的優劣；許多深具潛質的人外表看似平平無奇，因而不獲器重。可是，一旦有人把他們的潛質發掘出來，便會成就一個千里馬的美麗故事。有一套電影 *Seabiscuit*（中譯《奔騰年代》），講述一匹馬，是良馬之後，擁有優良血統；但礙於牠的脾氣、不穩定的情緒，沒有人把牠放在眼內。後來有一位獨具慧眼的練馬師決定訓練牠，練馬師更找來出色的騎師，和膽識過人的馬主；合三個各自經歷過不同創傷和挫敗的人之力，最終締造了奇蹟，把這匹別人眼中的劣馬訓練成為一代名駒，誕生了《奔騰年代》這個動人的真實故事。

近代西方社會經歷巨大的變遷，夫妻離異的比率不斷上升，單親家庭驟然增多，成為新世代家庭的普遍現象。不少孩童在單親家庭長大，經歷前所未有的複雜關係。一個家庭中，成員可能包括繼父繼母，同父異母或同母異父的兄弟姊妹，甚至毫無血緣關係的「兄弟姊妹」。有些家庭，即使父母沒有離異，但已是同牀異夢，礙於種種因素，只得住在同一屋簷下，傳統家庭觀念已然破滅。從前，父親作為家庭的領導，以身作則；母親作為生命的良師，為子女作人生規劃這幅美麗圖畫已黯然退出孩童成長的場景。

取而代之，社會上響起呼求「生命導師」(mentoring) 的聲音，希望一班成年人分擔在生命和職場上指導年輕人的職責。[1]「生命導師」的概念認為，年輕人在社會上尋得第一份工作時，若能遇到一位信任他、賞識他的老闆或上司，讓他跟隨學習；那麼，他們將來的人生路必定更寬廣，步履走得更遠。他內在的潛能更容易發揮，而他的生涯路亦更平坦。

近年坊間不少書都以「師徒關係」(mentorship) 為主題，廣泛而深入地探討跨代之間的關係，以及生命導師對年輕人的影響。上一代和下一代如何一起規劃年輕人生命與職場的軌迹，這類的書在西方十分蓬勃。翻開這些書籍，跨代的課題、生命的導引、屬靈導師、職場導引等等概念便活現眼前……

我自己亦相信，每個年輕人在踏足社會之先，甚或在學習的過程當中，若能找到一個信任自己、又能發掘自己潛質的人，在他們的陪伴下開展成長路，必定因獲得肯定而發展出一個截然不同的生命歷程。

尋找一位信任你能力的人，是教會你學懂面對逆境、戰勝逆境的有效良方。在挫折和逆境中，得到良師們的陪同、指引，肯定能大大提升青年人面對逆境的能力。

心內的小矮人

在公開場合，我給別人的印象，總是充滿自信，具有超卓的表達能力。不過私底下的我，在更深層的內心裏，卻有另一個我，他經常懷疑自己的能力。

許多人都不明白，這一個「我」是怎樣形成的？當我細心追尋自己的成長路時，才發覺這個像小矮人的我，在很早之前，當我還是小孩子的時候已開始建立，這個自我懷疑的陰影，原來一直伴隨着我，影響我的一生。

我在昆明出生，年幼時已跟隨父母往上海與祖父生活。所以毫無疑問，我的母語是上海話。後來在不到三歲的年紀又再一次遷移，來到香港定居。當時我是個只有三歲的小孩，無論是語言、文化，香港對我來說都是一個相當陌生的地方，就像俗語所說的「人生路不熟」。不單是我，我母親也是初來香港，茫茫然空白一片。在家居附近，母親發現了一所私辦學校，只要交了學費，不用考試，不需要任何甄別，立刻可以上課，媽媽便去繳費帶我上學了。當時的我，連一句廣東話也不懂，而更啼笑皆非的是，這是一所小學，也沒有附設的幼稚園，媽媽竟然替我報讀一年級……

後來我跟隨一位生命導師學習，回顧自己起初讀書的片段，最深刻的印象，是我經常哭哭啼啼。哭啼的原因也不難明白 —— 我一句廣東話也不會說，也聽不懂同學老師講的話。環繞在我身邊的同學，絕大部分都是超齡同學，都已經七八歲了，比我足足大上一倍有多。

上課的場面十分混亂，吵吵鬧鬧的，我什麼都不懂，也不明白如何可以升班。後來真相大白，首先出手相助的是母親，每天放學回家，母親便捉着我的手寫字，可以說，我的家課都是母親幫忙做的；此外，我遇到一位十分疼愛我的班主任，給我各種的幫助。在他們二人悉心提攜下，我竟然順利升上二年級，然後是三年級、四年級，拾階而上……直到六年級上學期，我才轉到另一所小學就讀，降一級讀五年級，即便如此，到我小學畢業時，我還不足十一歲呢！

就是在這個階段，自我懷疑的種子，在我心內不知不覺間埋下了。記得三年級時，我迷上了乒乓球，很想跟朋友打乒乓球，但沒有人願意跟我玩。這也不奇怪，走到乒乓球桌前一站，我還不到球桌的高度呢！

後來我又喜歡了足球。踢足球首先要分成兩隊，由猜包、剪、鎚來選人，我很想踢足球，卻永遠不被選上。後來終於有一位高大威猛的白武士出現，扮演打救我的角色。我很感激他，他是第一個選我做隊友的人。我給分派守龍門。他說：「球踢不好沒關係，你只要站在龍門口堵住龍門，不讓人把球踢入便成。」他球技出色，所以藝高人膽大，後來我知道，他還當上了甲組足球員！當時只要有球踢我便開心不已，到後來才懂得問：為什麼我永遠都是守龍門？

到了中學，情況開始改善。但心底裏沒有自信的小矮人仍不時走出來作祟，在生活的一些細節中，叫我對自己產生懷疑。上課時老師問問題，即使我知道答案，也是表現得期期艾艾，拙口笨舌的沒有信心。我人生得矮小，年紀最輕，十足一個小可憐。整個求學階段，我都沒有被選上擔任班長。到了中六，我的班主任選我做副班長，那是平生的第一次，開心得簡直得意忘形。

賞識我的師兄

為何胡貴大師和施福大師竟然會相信阿寶能成為「功夫熊貓」？

這實在是一個耐人尋味的問題。我自己的經歷，也像阿寶一樣，在我的生命裏，也出現了一些人物，他們相信我，協助我發掘內在的潛能，這些潛能，是連我自己也不相信擁有的；不單如此，他們還提供機會，好使我的潛能得到操練。

中學畢業後，我往加拿大升學，由於很想入讀醫學院，所以我很用功，加倍的努力，相比在香港的時候，努力何止百倍，因為用心讀書，也念出一點成績來。大學一年級時，我結識了一位在醫學院就讀的師兄，他多才多藝，是我十分敬佩和羨慕的一位師兄。教會每星期的崇拜，師兄都擔任牧師的即時傳譯。後來我們幾個留學生走在一起辦了一份雜誌，也是師兄出任總編輯，無論中英文和其他學科，他均有很高的造詣，是當時的我認為自己完全無法企及的。想不到有一天，師兄竟然來找我，問：「蔡元雲，你好不好嘗試星期天幫忙牧師做翻譯？」我即時拒絕，我跟師兄說，我從來不做這種「拋頭露面」的事，並且一笑置之。可是師兄鍥而不捨，他續道：「不是嘛，我聽過你在公開場合的發言，有板有眼的，中英文都十分流暢，表達能力很好呢。我相信你辦得到。你只管一試，我會親自給你一些指導。」

經師兄這麼一說，就增強了我的自信，心想，試試也無妨，便答應了他。經過他的提攜，又很耐心地給我傳授他的經驗，我也開始嘗試當牧師的傳譯員。同時間，牧師也對我十分遷就，每次的講章都寫得十分詳盡，讓我有充足的時間、材料預備。我也帶着興奮的心情，戰戰兢兢踏上講台，擔任即時傳譯的工作，那是我平生第一次做傳譯員，很新鮮，也很有挑戰性。意想不到，我的翻譯中規中矩，有時更會有出色的表現。與此同時，我發現自己語言表達能力不錯，邏輯思維亦不弱，這個發現令我十分雀躍。更重要的是，原來我並不如自己想像般差勁，不知不覺間，另一個「我」已達到某個高水平，這個新的「我」在師兄的指引下，更漸漸領我走出自卑的陰霾。

這是一個十分難忘的經歷。

一晃眼三十六年

回港以後，我投身醫療服務的行列，就在這個時候，我遇到一些同樣關心年輕人的朋友。

其中一位是蘇恩佩女士。她心裏永遠記掛着年輕人，為了服務年輕人而勞心勞力。她的甲狀腺長了一個腫瘤，剛剛從新加坡回來養病。養病期間，她仍很着緊香港的新一代。她有一篇文章，題目是：〈我能為這個城市做什麼？〉，內容真摯感人。

一晃眼，這已是三十六年前的往事！

當時我們這一輩，還只不過是剛投入社會的青年。每隔一段時間，我們便走在一起分享、祈禱，探討可以為香港年輕人做的事。慢慢，要辦一份雜誌的意念開始浮現，並且付諸實行。

1973 年底，我們把夢想實現，首刊了《突破》雜誌，一份雜誌就這樣孕育了出來。同年年初的一天，蘇恩佩女士跟我傾談，她問我道：「元雲，你會不會考慮放下你的醫療工作，全身投入服務香港的青少年？我們一同來搞好《突破》雜誌。」我第一個反應是十分震驚，當時我行醫濟世，自覺是一名稱職的醫護人員，我也十分喜愛醫生的工作；而更主要的是，我自問對文化出版認識不深，我很坦白的跟蘇恩佩女士說：「我應付不來！」

內裏那個不敢肯定自我的小矮人又再一次冒出來。蘇恩佩女士卻給予我肯定：「不打緊，你好好考慮，祈禱等候。我的觀察該沒有錯，你內裏有一顆熱熾的心，你對年輕人是有一團火的。」

回心一想，我在大學時代，確曾與同學辦過一份中國留學生雜誌，發表過一些文章。於是我開始慎重考慮，與太太分享、祈禱。經過一段時間以後，我作出了這樣的決定：以部分時間形式，加入《突破》雜誌的團隊。

這是 1973 年 5 月的事。一晃眼已是三十六個年頭，開始時只是一份兼職的召命，後來竟然成為我一生全身投入的事業。

最初十年，蘇恩佩女士肩負起總編輯的職責，我則在不同的崗位上協調。在這個階段，我發現自己不但對年輕人充滿熱誠，而且十分樂意與他們溝通、交往，對於他們在人生中面對的困難和疑惑，也總能給予有效的回應。因此我也發現了自己在心理輔導方面的興趣和潛能。

這個時候，我已經有一定自信，也知道自己將來要走的路，因此我毫不猶疑，離開醫生行列，往海外進修心理學、心理輔導和神學。即便如此，內心深處，我仍然有掙扎，仍然對自己有所懷疑。進修期間，每星期我也會找其中一位教授高聯基博士（Dr. Gary Collins），不斷提出心底的疑問：到底我是否真的適合做青少年工作者？心理輔導的路是否適合我？我有足夠的能耐投身這種服務嗎？我很感激 Dr. Collins，無論多忙，他都會抽空聽我傾訴，給我肯定，澄清我的疑慮，在我進修期間，他扮演了生命師傅的角色。不單如此，我們亦師亦友，他也很坦誠地與我分享自己的內心世界。

不管是蘇恩佩女士也好，是 Dr. Collins 也好，他們都相信我、肯定我，懇切地幫助我認清楚前面的方向，和我內裏的召命。有時我會覺得很模糊，但他們的說話往往讓我豁然開朗，掃清疑慮，他們的意見，確是左右了我以後一生要走的路。我真的很感激他們。

當然，這並不表示以後的路總是一帆風順。困難永遠存在。原來要辦一份雜誌，要經營一間服務青少年的機構，要面對很多問題，接受重重的考驗。不管是財政困難、人事紛爭、專業挑戰，以至外在的環境因素，很多時都讓「突破」、讓我陷入逆境。

在諸多逆境中，我仍堅步向前，我心中有一個錨，使我在風浪中穩定不移：我很相信，我是按着自己的能力、感召而行，而我所作的，都是有意義的。這個錨，是眾生命師傅一早已給了我的。

其實還有許許多多的生命師傅，他們都曾幫助我，繼續走服務青少年的路，在這未能一一盡述。

九種多元智能

對自己能力抱有懷疑的人非單我一個。

香港的教育系統和家庭系統，一直沿襲一套對子女、學生的評估方式，無法擺脱。這種評估方式，往往令孩子產生各種的挫敗感，同時又對自己的能力產生懷疑。香港教育制度用以評估學生能力的標準，不外乎語言智能和邏輯智能的高低。這兩種智能合在一起制訂出所謂的智商（Intelligence Quotient），是用來評估學生學習能力的工具。許多科目以及考試評分的準則，基本上都是以智商來衡量設計的。教育局一直強調「考試不是求分數」，但很諷刺地，考試就是為了判斷一個人的語言和邏輯兩方面的能力，若一個學生在這兩方面優勝，他在其他科目中往往都能考獲高分數！而分數則決定了一個學生在學校裏的評級高低！

無怪乎大部分家長都十分緊張那一紙的成績單；拿着那張成績單一是開心：「呀，我的子女很本事。」或者拿着那張成績單發愁：「他不行呢！」雖然近年大家的思想漸漸改變，很多家長開始積極鼓勵子女多參與社區服務、發展多方面的興趣，例如不同的運動、藝術和音樂的培育等，但令人感到無奈的是，要麼這些學習元素仍然被視為次要的，可有可無，要麼便成為競爭入讀心儀學校的手段，失卻了原來的意義。

美國哈佛大學的教授 Howard Gardner 分別在 1983 年、1993 年和 1999 年推出幾本討論多元智能的書，引來很大的迴響。[2] 其中一本書 *Intelligence Reframed* 指出，基於人腦部功能的發展和教育心理學的研究，人其實並不只有兩種智能，而是擁有多元智能的發展潛力。他的理論有嚴謹的科學研究基礎，引起西方學界的關注，並且開始嘗試在教育的範疇引入多元智能訓練以茲配合。其他教育學者亦紛紛投入研究多元智能的課題，其中 Dr. Branton Shearer 和台灣的吳武典教授根據 Howard Gardner 的理論而設計出「多元智能量表」，我把量表中對各項智能的描述放在本章結尾，作為附錄以供參考。這個量表用客觀的方式，發掘一個人到底擁有哪方面的智能。

Howard Gardner 提出的九種智能分別是「語文智能」（Linguistic），擁有這種智能的人能有效地用文字或口語思考和表達；「邏輯 / 數學智能」（Logical/Mathematical）擁有這種智能的人能有效地用數字和推理表達自己；「音樂智能」(Musical)，擁有這種智能的人能察覺、辨別、改變和表達音樂；「空間智能」(Spatial)，擁有這種智能的人能準確地掌握視覺空間，同時又很清晰地表達出來；「身體動覺智能」(Kinesthetic)，擁有這種智能的人善於運用整個身體來表達自己的想法和感覺，又能靈巧地運用雙手生產、改做事物；「知己（內省）智能」(Intrapersonal)，這種人有自知之明，並且按照對自己的判斷作出適當的行為，包括對自己的了解，認識自己的情緒、意向、動機、個性和慾求，又有自尊自律的能力；「知人（人際）智能」(Interpersonal)，這種人能察覺和區分人的情緒、意向、動機和感覺，這是在人際交往中很主要的優勢；「知天（自然）智能」(Naturalist)，這種智能獨特的地方是強調人與環境的互動，用以欣賞和了解大自然的奧妙，和諧快樂地與大自然共存；而第九種智能「知道（存在）智能」(Existential)，據 Howard Gardner 形容，仍在研究當中，但已有足夠資料顯示，它是具體而又有科學根據的。擁有存在智能的人能了解人生的意義，掌握生命的價值，思考存在的問題，或者宇宙的本質，同時亦有明確的生活目標。

各方面的專家正在努力研究一套客觀的量度方式，在導師的指引下，和自我的反省中，幫助青少年了解到底自己擁有何種智能，然後有系統地將之發掘和培育。目前，在 Dr. Branton Shearer 指導下，香港的職業訓練局正進行研究，希望將「多元智能量表」修訂成為一份適合香港使用的一項輔導工具；盼望日後這工具有助青少年發掘自己潛藏的智能，更有方向地創路。

寄住我家的電腦奇才

我從事青年工作多年，不得不承認，最初也受一些既定的框框所影響，對青年人有不全面，甚至不公允的判斷。有一段時間，一名少年人在我家中暫住。他的成績一塌糊塗，連續兩年每一科都不及格，他是中二生，成績單上惟一及格的是體育科。我幾經辛苦幫他找到一所願意給他插班的學校，條件是我答應校長幫他找補習老師，而我本人也會親自教導他。

跟他多一點接觸，發覺他的確在很多科目的學習上都差強人意，他的中文比較好，中文的理解和表達能力都很強，但其他學科都不如理想。我對他不太了解，只見他一天到晚捧着日本漫畫追看，房間的牆壁上貼滿了漫畫海報、日本歌星的寫真，對日本文化十分嚮往。我也曾就此事對他有微言，吩咐他好好念書，不要過分沉迷日本歌和日本漫畫。

後來他自學畫漫畫，而且畫得相當漂亮，音樂感也不賴，其實是一個很有創意的年輕人，不過由於他英文不好，以致我們忽略了；其實他的中文和歷史都有很好的根基，對歷史故事更是耳熟能詳。我終於醒悟過來，決定改變策略，不再攻擊他的弱項，轉而鼓勵他多從事強項，並且從旁協助他向這些方面發展。與此同時，我協助他提高自制能力，學習時間管理。很奇怪，當他獲得肯定以後，他各方面的表現都跟着提升。到了大考，我剛巧不在香港，留在國外期間心裏仍記掛他，不知道在沒有人督導之下，他可否獨力應付考試。我回到香港，大考已經完結，他也不再寄住我家。後來收到他寄給我的信，告訴我他順利升班，而且成績突飛猛進。除了數學科不及格以外，大部分科目都及格，連英文也過關了，不單如此，他的中文、歷史、體育、音樂、美術等科目表現更是令人刮目相看。他在信中寫道：「我升班了。」簡單的一句話，表達了他無比的雀躍，而我也為此高興不已。

後來他舉家移民，我們斷斷續續都有書信往還來往，知道他在當地就讀社區大學，又繼續日文學習，也開始修讀電腦程式設計。事隔幾年，他忽然在香港出現，走來跟我說，「我要往日本工作了。」原來日本一間軟件公司看見他用日文寫的網站，裏面分享了他對電腦設計的想法、他自己的設計和創意等，那個網站引起該公司的注意，邀請他往日本面試。他們一拍即合。他決定加盟這家做資訊科技、網上設計，也兼做網上推銷的公司。自此他便在日本闖天下，後來娶了一位日本小姐，生了兩個可愛的小孩，現在還開設了自己的網絡公司，建立了自己的事業。

他的個案對我有很大激勵。神賦予人不同的個性和能力，各自有不同的智能、不同的喜好，這些能力正等待有心人來加以培育；若這些能力在教育的過程中沒有被發掘，在家庭中又被否定的話，無可避免地，這個人一定會對自我產生懷疑。我盼望每一位對自我產生懷疑的年輕朋友，都重拾信心：相信自己裏面有一定潛能；並且鼓起勇氣，尋找一個信任你能力的人，你總會遇上一位願意伴你同行的生命導師。

你認識自己的潛能嗎？

在「突破」工作，讓我接觸很多年輕人。有些後來還成為我的同工，他們都擁有不同的智能。其中一位，我是在一個營會中認識他的。當時他還不知道自己工作的方向，對自己也有許多懷疑。我慢慢發覺他很有美術感，有很強的空間概念，是一位擁有很高空間智能的年輕人。後來他去學攝影，成為一位出色的攝影師，曾經有一段時間在「突破」的影音部工作，現在已開設了自己的影音公司。

此外，「突破」有些同工，很明顯的在自然智能方面特別優越。我很懷念的謝文策弟兄與我同工了三十年，他主張的學習方式是「參與中學習」、「體驗中學習」；而他自己也是屬於大自然的，當他走近大自然，整個人便像脱胎換骨一樣。他經常帶着一班年輕人走進曠野、攀上高山，為他們設計一些獨特活動，讓他們回歸自然，在當中體驗和接觸內在的自我。

另一位自稱「野人」的同工，經常搞水上活動、攀山訓練，都是些挑戰體能的活動，而且他喜歡尋索生命的意義，反省人存在的價值，很明顯他的動覺智能和存在智能都非常優越。他亦專注向這兩方面繼續學習發展，接受歷奇和心靈操練的訓練，並且嘗試將兩者結合。後來他成為我們一位很出色的培訓者，全情投身於歷奇輔導、生命指導的工作。[3]

回顧這些探索生命的活生生例子，我感到十分鼓舞。「突破」的確孕育了不少不同智能的年輕人，也匯聚了他們，將他們擁有的天賦加以發揮，跟他們在人生某一階段相伴同行，亦師亦友。最近我們出版了一本書《創路達人の從零開始》，[4]一班負責培訓的同工，將一羣在傳統教育中被認定為失敗的小夥子們的心路歷程，一個一個的記錄下來。他們在學習路上鏗鏘折羽，甚而在會考中只取得零分，其實只不過是他們走的路與別人不同；他們雖然遭遇逆境，給家人否定，在職場中飽嚐白眼和嘲笑，但在生命導師的悉心指導和鼓勵下重拾自信，終信天生我才必有用。

原來每個人都有九種不同的潛能，人生可以有多項的選擇。若按着自己的能力來規劃，即使面對困難，也能從容處之。

讀者不妨在附錄中詳細參詳九種智能的內容。此處並不附錄量表分析，因為那是要具備相關學識的專家才能有系統地處理。專家的研究能協助人分析不同智能適合哪種行業。[5]青年人可以從列表中對自己作初步的評估，回想自己從前參與的學習、活動，以至社交、社會服務，自己在哪方面表現較理想，將自己的強項列舉出來並附以佐證，確認為何相信自己擁有這種智能。

附錄：九種多元智能的定義[6]

本表包含九個項目（九項智能），分別是：語文智能、數學 / 邏輯智能、音樂智能、空間智能、身體動覺智能、知己（內省）智能、知人（人際）智能、知天（自然）智能和知道（存在）智能。

智能	定義
語文智能 Linguistic	有效地運用口語（如演説家、政治家）或文字的能力（如作家、作家、編輯或記者）。這項智能包括把語法（語言的結構）、語音（語言的發音）、語義（語言的意思）和語用（語言的實際使用）等向度結合並運用自如的能力，這些使用包括修辭（運用語言説服他人採取一項特定行動）、記憶策略（運用語言記憶訊息）、詮釋（運用語言告知）及後設語言（運用語言講述語言本身）等範疇。
數學 / 邏輯智能 Logical/Mathematical	有效地運用數字和推理的能力（如數學家、稅務會計、統計學家、科學家、電腦程式設計員或邏輯學家）。這項智能包括對邏輯的方式和關係、陳述和命題、功能及其他相關的抽象概念的敏感性。這項智能的表現在於能將這些抽象的概念運用於分類、分等、推論、概括、計算和假設檢定。
音樂智能 Musical	察覺、辨別、改變和表達音樂的能力（如音樂評論家、作曲家、音樂演奏家）。這項智能包括對節奏、音調、旋律或音色的敏感性。它包括對音樂能夠透過認知，由上而下（top-down）地理解（屬於統整性的、直覺的），或透過知覺，由下而上（bottom-up）地理解（屬於分析、技術的），或兩者兼備。

智能	定義
空間智能 Spatial	準確地感覺視覺空間（如獵人、偵察員或嚮導），並把知覺到的表現出來（如室內設計師、建築師、工程師、美術家或發明家）。這項智能包括對色彩、線條、形狀、型態、空間及它們之間的關係的敏感性。這其中也包括將視覺和空間的想法立體化地在腦海中呈現出來，以及在一個空間的矩陣中很快地找出方向的能力。
身體動覺智能 Kinesthetic	善於運用整個身體來表達想法和感覺（如演員、運動員和舞者），以及運用雙手靈巧地生產或改造事物（如工匠、雕塑家、機械師或外科醫師）。這項智能包括特殊的身體技巧，如協調、平衡、敏捷、力道、彈道和速度，以及本體感覺的、觸覺的和由觸覺引發的能力。
知己（內省）智能 Intrapersonal	有自知之明，並據此做出適當行為的能力。這項智能包括對自己相當了解（如優缺點、特點），意識到自己的內在情緒、意向、動機、脾氣和欲求，以及自律、自知和自尊的能力。如小説家、宗教家多具有這方面優越的能力。
知人（人際）智能 Interpersonal	察覺並區分他人的情緒、意向、動機及感覺的能力。這包括對臉部表情、聲音和動作的敏感性，辨別不同人際關係的暗示，以及對這些暗示做出適當反應的能力。具備這種能力者最適合擔任教師、社會工作者、心理輔導員、銷售人員等。
知天（自然）智能 Naturalist	自然智能的獨特之處是強調「人和環境的互動」，能了解、欣賞大自然的奧妙，與之和諧而快樂地共存、共榮。具備這種能力者最適合擔任公園解説員、星象觀測員、農夫、生物學家、環境生態學家、環保人士等。
知道（存在）智能 Existential	了解人生的意義，掌握生命的價值，常思索存在的問題或宇宙的本質，並且沒有疑惑；有明確的生活目標，並能以泰然的態度面對生死和宇宙的變化。如哲學家、宗教家等多具有這方面優越的能力。

主要依據：Gardner（1983, 1993, 1999），Shearer（2005c）。

結語

我慶幸自己遇上不止一個信任我能力的人，他們給我的鼓勵、指引、誠實的回饋，讓我發現一些自己也未敢相信擁有的能力。我今天能夠克服這些自我質疑的心理障礙，堅持青年工作達三十六年，我覺得自己真是經歷從天父來的恩典。我盼望你也能從自己的生活中，發掘自己的智能與愛好，進一步找一個信任你能力的人，給你一些真心誠意的指引。要尋求自己的轉變及成長，最好先尋得一位生命導師伴你同行。

註釋：

1. Biehl, Bob（1996）. *Mentoring: Confidence in finding a mentor and becoming one.* Nashville, Tennessee: Broadman and Holman Publishers.
2. Gardner, Howard（1999）. *Intelligence Reframed: Multiple intelligences for the 21st century.* New York: Basic Books. Gardner, Howard（1983）. *Frames of Mind: The theory of multiple intelligences.* New York: Basic Books.
3. 李德誠、麥淑華（2005）。《整全的歷奇輔導》（第二版）。香港：突破出版社。
4. 鄧淑英、梁裕宏、黃嘉儀、李潔卿（2008）。《創路達人の從零開始》。香港：突破出版社。
5. Shearer, Branton（2000）. *The MIDAS Handbook of Multiple Intelligences in the Classroom.* Kent Ohio: Multiple Intelligences Research and Consulting, Inc.
6. 吳武典（2007），《多元智能量表（乙式）指導手冊》。台北：心理出版社。

札記頁

從生活中找出自己的智能：在有良好表現的領域給自己一個（✓）號

	學習	活動	社交	服務	自我評語
1. 語文					
2. 數學 / 邏輯					
3. 音樂					
4. 空間					
5. 身體動覺					
6. 內省					
7. 人際					
8. 自然					
9. 存在					

第七章

操練提升生命力的技巧

海鷗

我很喜歡海。若有機會一個人安靜下來，我會選擇往海邊走走，或者揚帆出海，欣賞碧海藍天，讓海風洗滌心中的煩擾。迎風舒懷，給我一種很安恬的感覺。不知不覺，我對在海邊、在船上經常遇到的海鷗產生了感情。船過之處，必然捲起波浪，也捲起海中的游魚，此間便引來羣鷗追逐波浪，在其中捕魚覓食。

我喜歡靜靜觀察海鷗的舉動，佩服牠們無畏風浪的勇氣。牠們喜歡聯羣覓食，跟在船的後面，一發現魚蹤，便一同展翅俯衝。海鷗有時也會單獨行動，每隻鷗有各自的個性，跟雁很不同。

多年前有一本非常暢銷的書*Jonathan Livingston Seagull*，[1]由一位飛行愛好者執筆，中文譯做《天地一沙鷗》，講述關於一隻海鷗的故事。這本書不單暢銷，發行了多種不同語言的版本，後來還被改編拍成電影。故事描述小海鷗Jonathan並沒有小覷自己，他相信自己的飛翔能力，每一日堅毅地、努力地，用不同的項目磨練自己的飛行技術。書中很仔細地記載牠奮鬥的點滴，在微風中、在大風裏，在巨浪中如何克服困難，練習飛騰；並以第一人稱，剖白Jonathan內心的掙扎，每一次展翅，每一次上騰牠所費的氣力和內裏的感受；在強烈的衝擊中，在重重的挫敗裏，看似不可能，但牠奇妙地又再次展翅上騰。

一個簡單的故事，想不到竟將人在困難中可能遇到的磨練，生動地描繪出來。我翻閱這本書時，內心有很多反省；海鷗和其他鳥類很不同，牠可以振翅在天際翺翔，牠也可以在海邊踽踽獨行，但牠並不屬於沙灘，牠屬於天空，牠屬於海洋！海鷗如何迎向巨風而上騰，無畏巨浪俯衝覓食，牠們飛翔的姿態，令人相信牠們活得自在，活得真實，展現自己獨特的一面。

我們談到抗逆力時，有三個很重要的概念：分別是效能感、歸屬感和樂觀感，簡稱CBO（代表Competence, Belonging, Optimism）。任何人在生活中掙扎，除了要有強大的意志外，還需要有一定的能力。在傳統的教育制度下，語文能力、邏輯思維能力已得到一定程度的培訓。近年的教育，也提供了各種工作技能訓練，加強青年人將來就業謀生的能力；現在的課堂中，並不單是抽象的數理化訓練，或者遠古歷史的教授，而是多了應用科目如電腦等，上了大學，也強調教授專業學科的知識。我讀醫科時，要上生物課，對人體要有一定的理解，還有醫療技術的學習。栽培未來老師，少不了教學上的學習，如何寫教案，如何做評估；工程師要修路築橋，也必先學習掌握必要的技巧，熟悉電機工程、土木工程。隨着科技的發達，社會上不單有七十二行，課堂學習也要多元化才能應付將來社會上真正的需要。多元化的學習，正是增強一個人效能感的最佳方法。

年輕人只有一技傍身是不夠的。還要有人際交往和內省的能力。在職場中，青年人往往在這兩方面暴露出自己的弱點，讓人覺得他們不能勝任。

現今社會已經很少工作無須跟別人合作而獨力完成。工業時代，一個技工可能只要把螺絲安裝好便完成了他的工作，過程中不需要跟別人溝通；又或者一個木工，關上門，用自己的手法，用工具把木器製造出來便能生存。但現在是網絡的年代，人是在隊工中幹活，要完成工作，必須與人溝通、合作、相處，其中包括與不同專業和不同領域的人溝通。不少人在自己的專業領域中非常出色，卻不懂得跟別人溝通，製造了許多工作上的麻煩，嚐透失敗的滋味。

另一方面是自省的能力。自省能力的強弱，決定了一個人對自我情緒的了解，理解自己的強項、弱項，能否對自我的行為、表現有深思和反省。一個自省能力強的人情緒往往較為穩定，在工作上也比較懂得自處和自律。不少主管也開始留意員工這方面的表現，喜歡聘用情緒穩定的人。

被人忽略的情緒智商

Dr. Daniel Goleman 對情緒智商（Emotional Intelligence，以下簡稱「情商」）作了一個很有代表性的研究。[2] 情商其實並不是一個商數、數字，可以加以量度，而是牽涉一個人的人際關係，與人相處的能力和自省的能力。

我曾參與政府不同的義務工作，出任不同的委員會，其中一個是「持續進修基金」。這個基金協助開辦一些課程，讓在職人士在不同的範疇繼續進修，提升他們在職場上的競爭能力，也藉此鼓勵終生學習。其中不少科目，例如電腦、物流、管理、商科等，推出後非常受歡迎，許多人爭相報讀，而政府亦投放了不少資金和資源作持續進修培訓，提供機會讓在職人士無論在技能、學識方面都得以提升，在職場上有更好的表現和機遇。

不過我認為以上提及的還欠缺一項十分重要的訓練。我在委員會中曾經提出，職場中一項很重要的訓練是 IISW 的訓練。IISW 代表

Intrapersonal and Interpersonal Skills for the Workplace，講求一個人在職場上的人際技巧和自省能力，我提議在眾多課程當中加入這個訓練，建議亦得到委員會接納。而更令我感到高興的是，課程一推出，得到不少公司認同、重視，大力鼓勵員工進修 IISW。不少年輕人參加有關這項目的培訓，「突破」亦在當中參與。

身為青年工作者，我十分關注新一代青年領袖的培育。突破機構總幹事梁永泰博士在《新領袖 DNA》一書中提出，新世代的領袖需要具備十二項素質。[3] 這眾多領袖素質當中，我感覺十分重要的是「聆聽」的素質。

我十分欣賞的一位職場培訓者 Dr. Robert K. Greenleaf，他曾經在美國一間電訊公司 AT&T 服務，主管人力培訓長達四十年，他十分重視人才的培訓。在去世之前，他成立了一個基金，專門作職場培訓的工作。在他推出的眾多培育課程裏，他親口說，其中最重要的是「聆聽」的能力，還要是「接收的聆聽」(Receptive Listening)。他着力訓練在職者這方面的能力，很多人參加，也有很好的果效，受訓者大大提升了與人溝通時專注、回應和吸收的能力。[4]

這是一個十分重要的課題，我自己也開辦過不少次「聆聽」工作坊。與人相處，無論你的身分是領袖，是隊工中的一員，你都需要操練聆聽的素質；聆聽自己的聲音、聆聽他人、彼此聆聽，還有是聆聽來自天上的聲音（即神的聲音）。一個懂得聆聽的人，無論他立足於社會、家庭，甚而是職場，都會大有幫助。

自覺輪訓練

當我還在接受心理輔導時，有一個課程對我幫助很大，即使已過了三十年，我仍覺得它的內容歷久常新。在我從事青少年輔導的日子，我也不下一次借用這個模式來培訓年輕人，而且成效不俗。這項訓練叫「自覺輪」（Awareness Wheel），[5]「自覺輪」指出，任何人若要認識自己、聆聽他人、對自己有全面的了解，首先要弄清楚所要「處理的課題」，即是問題的核心所在，是家庭問題，是個人問題抑或是職場的問題。

釐清問題所在以後，便可以進行培訓。自覺輪提出了以下五個環節的訓練。

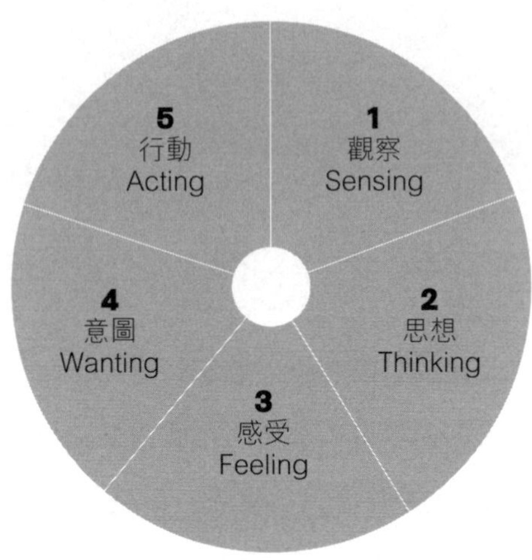

自覺輪（Awareness Wheel）

第一個環節是**「觀察」（Sensing）**，訓練聽覺、味覺、嗅覺、視覺、觸覺接收訊息，亦即是五官感覺敏銳力的訓練。一個人聆聽的時候，原來要五官並用，不能單靠耳朵。對方傳達出來的無聲訊息，比方說身體語言、面部表情，都是我們聆聽一個人時不可忽略的媒介。據專家研究，透過語言、文字傳達的訊息，只佔全部訊息百分之十左右，其他百分之九十的訊息要靠語氣、聲調等其他非語言的釋放、接收和分析來獲得，包括眼神、面部表情、手勢等。

獲得訊息以後，便進行整理和整合，那就是第二個環節——**「思想」(Thinking)** 的訓練。每個人都很獨特，都是主觀的，有自己的信念、思維方式，和個別的思考判斷架構。承認自己有主觀的判斷非常重要，我們的思想會對客觀吸收的資料賦予一個主觀的解釋，沒有人能說自己是絕對客觀的，雖則我們有客觀的邏輯思維，有辨別的能力，但我們必須承認，如何解釋自己的思維卻是主觀的。例如我們已懂得運用五官聽到父母的語言，小心聆聽語言所傳遞的訊息，知道他們如何表達，表達什麼；但我們始終是用自己的思想，主觀地判斷這個訊息的含義，到底是讚賞，抑或是隱藏着不滿。

所以我們的思維要十分清晰，才知道如何解讀語言。當我們的思維接收從外面而來的現象，便要發揮自覺能力，作出適當的整理和判別。

第三個環節是**「感受」(Feeling)**，也是男性較難掌握的訓練。感受其實是一項很重要的指標，如果我們接收到一些訊息，而這些訊息引起我們開心或是興奮的感覺，很明顯，這個訊息能引起我們的共鳴。有時我們忽然之間會感到納悶，甚而是憤怒，但到底是什麼事情觸發了這種感覺，如果我們對感覺有足夠的敏銳，代表我們有良好的自省能力，感受其實可以傳遞信號給我們，告訴我們許多有關我們自己的資料。到底我們的喜好在哪裏？厭惡在哪裏？為何而喜悅？為何而興奮？種種不同的感受能幫助我們認識自己的內心世界。

一個人能否能夠辨別、管理情緒和感受是十分重要的。正因為思想和感受相連，從外在世界接收到的資料，我們的思維怎樣解釋，會直接影響我們的感受；反之亦然，感受會直接影響思維判斷。就例如有一位權威人物，我們一想起他便感到畏懼，那麼我們對這位權威人物所作的行為的理解和判斷，便很可能會受情感影響而有所偏差。

第四個環節是**「意圖」(Wanting)**。很少人會直接地將自己的意圖告訴他人。這個情況在職場中特別明顯。一般人傾談生意，不會開宗明義的告訴你他的意圖，而是用一些動聽語句來包裝他的推銷品，吸引對方的興趣，從而達成交易。所以，單從聆聽、觀察未必知道一個人的意圖。但更令人困惑的是，有時連當事人也不知道自己的意圖！年輕人出來謀事，他們很想得到某份工作，但很多時候根本不知道自己為什麼需要這份工作。只是求兩餐溫飽？要達成夢想？想尋找師傅？要活得有意義？到底是哪一樣？這些統統影響我們的思考，以至我們對自己感受的解釋。希望達成夢想，卻找到一份高薪酬而與自己夢想背道而馳的工作；希望有溫飽，卻找到一份不夠糊口而具高遠理想的工作，這兩種人都不會快樂。最痛苦的是他們連自己不快樂的原因都不知道！所以我們要學習了解意圖，到底真正的意圖是什麼，不論是理解自己的意圖，或是明白他人的意圖都十分重要。清楚知道意圖，讓意圖經過檢視便最理想不過了。

最後一個環節是**「行動」(Acting)**。意圖跟行動是一線之隔。很多人有許多的想法卻沒有付諸實行，思而不行是行為和思想之間的落差；另一種人，行為經常受思想所支配，亦即俗語所說的「想做就去做」，但一時衝動的行為，事後回想往往會後悔萬分。還有另一種行為，倒叫人十分無奈，就是明知故犯。當事人在思想上、理性上知道某種行為不正當、會引來禍害，卻不能自已地一再重犯，例如年輕人知道不應該吸毒，也知道毒品的禍害；但當心中不快，感到鬱悶，為了消除這些負面的感覺，便會追求一時間的忘我和興奮而吸毒。最理想的行為當然是知行合一：理性上知道而行為上又能作出配合。不但如此，我們也渴望表裏一致，就是意圖和行為的本質相同。

「自覺輪」對我多年從事青年工作有很大的裨益。甚而對自我的了解亦獲益良多，所以它是我用來輔導的一個重要工具。

學習聆聽自己的聲音

在所有的學習當中，聆聽是十分關鍵的，而學習聆聽自己更是關鍵中的關鍵。若要聆聽清楚自己的聲音，一個人必須完全的安靜下來。

多年以來，每隔一段時間，我都會跑到瑞士，參加 Dr. Hans Burki 主辦的「生命重整營」(Life Revision Seminar)。Dr. Hans Burki 是我很敬重的生命師傅。他在生命重整營中主要教導學員「安靜」。當一個人完全處於安靜狀態，生命中很多雜念便會慢慢浮現，我們要把這些雜念從思緒中清除。Dr. Hans Burki 指導學員視雜念如一艘一艘飄浮的船，這些船不斷在我們的腦海中出現，而我們每看見一艘船便很想上船，在不同的船中穿梭上落。他着我們要讓這些載着雜念的船出航，隨海洋遠去，直至一隻也不賸。

《聖經》有句話説:「得救在乎歸回安息，得力在乎平靜安穩。」(《聖經．以賽亞書》30：15）它成了我的座右銘。在安靜中，一個人才能聽到自己內裏的聲音，繼而更能聽到從上頭而來的聲音，從寧靜中聽到神給予我們的提示。有自覺再加上靈裏的醒覺，我們必然能對自己有更多的認識。在營會中，Dr. Hans Burki 邀請學員在寧靜中回顧生命中的各個片段、在成長中的各種遭遇。若這些遭遇引來埋怨、傷痛的感覺，便要予以清理，因為它們都是「成長的創傷」，會引來負面的情感和思想，並且一直控制着我們。

在安靜中要處理的還有意圖。《聖經》説：「清心的人有福了，他們必得見神！」（《聖經．馬太福音》5：8）清心的意思是什麼？即 "purity of heart is to will one thing"，專注於某一件事上而不會分心。若從信仰的角度看，就是專注於神賦予你的方向和意義。若是自省，則是專注於自己的過去，反省自己有沒有使別人誤解或造成傷害。「生命重整營」能有系統地幫助我檢視自孩提時代起的成長階梯。阿里士多德曾說："know yourself"，一個人要以「認識自己」作為生命的起點。不認識自己、不了解自己的人，也就無從管理自己的行為。最好的朋友莫如自己，最大的敵人也莫如自己。一個人若能掌握這種「聆聽生命」的技巧，必然能聆聽自己、了解自己。[6]

我對自己能力的掌握，對自己人際關係能耐的認識，並非偶然，而是在生命重整營中，在寧靜中回顧自己成長階梯而獲得的啟迪。這些啟迪和反省，也成為了我生命中不可多得的瑰寶。

尋找生命的「亮點」

為什麼我亟亟於生命重整營？

一般的生命重整營，營期往往由五天至一個星期不等，學員要走近大自然，在大自然學習寧靜，傾聽自己的聲音。如果參加於瑞士舉行的營會則會歷時二十八天之久，我們走入深山，經歷生命的重整。朋友會問，二十八天那麼長，會不會過於沉悶？

人窮一生也不能完全了解自己。生命中的灰暗，以為已經滌除淨盡，怎料又會去而復返。人的個性、喜好、強項弱項，都需要周而復始的整理，因此我很喜歡和珍惜參與營會的機會。我老早養成習慣，每一天都騰出時間安靜下來。我和太太一起安靜，聆聽自己的聲音，也學習彼此聆聽，和聆聽從神而來的聲音。我從這種操練中得益良多。

不少朋友覺得奇怪，我從事青年工作多年，至今還是喜歡走到最前線，而不是全心搞行政，或者做學術上的研究。說到底，我還是喜歡和年輕人相處，聆聽他們的聲音。亦有朋友問，輔導是不是一件很沉悶的工作。不是的，每個人都是一個故事，每個人都不一樣，都是獨特的。我從未試過一個年輕人向我剖白自己而我會覺得沉悶的。他們有各自的掙扎，每個人都有自己的強項，有所謂的「亮點」，真會讓人眼前一亮，有意想不到的發現。當然，每個人同時亦有他的幽暗面，這個時候，便要以極大的忍耐，聆聽他們的心聲，與他們同行。

有一段時間，我還開放自己的家庭，讓一些需要幫助的青少年，來我家暫住一段時間。我跟他們說，我只會做一件事，就是發掘你內裏的能量，幫助你認識自己的夢想。有次，其中一個寄住我家的少年聽到我這麼說便立刻回應：「我一無是處，我一定會讓你失望。」果然，他向我展示成績單，沒有一科可以讓人稱是。

一天，我的電腦「當機」，我這個電腦白癡展開電腦拯救行動，弄了一整個上午，頭昏腦脹還是束手無策。這個年輕人站在我的門外觀看了很久，忍不住說，不如這樣那樣。經他指點一招半式，電腦復工了，我也白費了瞎忙的時間。以後凡是電腦上的問題，我都找他解決，他亦很樂意幫忙。他不用靠電腦手冊，只要他有興趣，接觸多了自能通曉。

一次跟他一塊兒看電影。有一幕講到宮廷叛亂，皇帝兩父子首先吵架，繼而動武，太子被父王擊倒在地，他便立刻向父求饒。我心想，「這下可好了，兒子懂得認錯，一場干戈也就快要平息下來。」誰知當皇帝慢慢走過去扶起兒子時，我家這位少年情不自禁的說：「小心！」果然，原來太子毫無悔意，竟趁父親走近施行偷襲。

後來我問他怎能預知劇情，他得意道：「看電影要用腦。」此後，我再仔細留意他，發覺他有十分強的觀人能力。於是我邀請他以後多跟我一塊兒看電影，幫我分析劇中角色的性格，他欣然答允。起初他完全否定自己，卻不知道自己內裏其實蘊藏一些未被察覺的能力。此外，他的思考能力和分析能力都有獨到的地方。

其實，我們若肯耐心聆聽一個人，必定能發現他的長處和強項。只可惜我們連靜下來聆聽自己的時間也不多，也缺乏聆聽別人這方面的操練。而更可惜的是，能與我們信任的人一起安靜，讓他聆聽自己的時間更是少之又少。

S.H.A.P.E.

近年大眾愈來愈重視生命教育。生命的培育可以從多方面切入，一時間不能一一細說。現在只着意說生命教育中有關「聆聽」的培育，以及如何操練這方面的能力。

前述的「自覺輪」便是學習聆聽其中一個很管用的工具。透過觀察、思想、感受、行為、意圖等五方面聆聽，以加深對自我的認識。把這些資料整理以後，再找一位信任自己的人一同加以分析，極有可能大大提升對自我的了解。人有自省的能力，也有自我的盲點；旁觀者清，別人對自己的提醒，對自己的了解，往往如明燈指路，更能讓自己看清自己的面貌和處境。到真的碰到逆境時，就不致自亂陣腳。

「每日暫停十分鐘，聽聽少年心底夢」這句口號，出自「突破」為生命教育所做的電視短片。短短的一句話，推出時卻很受歡迎，最近又在熒幕上重播。其實不單少年人要停下來聽聽自己心底的夢想，最重要是作為父母、老師的，也當抽空與學生子女溝通，聆聽他們心中的夢想。

我在另一本書《敢夢想飛——Young life 召命導航手冊》(增訂版)，[7] 也邀請年輕人在聆聽當中，重新發現自己的夢想，尋找自己的天空和飛行地圖。

讀者不妨做一個習作，操練在生涯規劃中的聆聽：

華理克牧師所著的《標竿人生》，[8] 是一本幫助我們規劃人生的暢銷書；繼他以後，華理克牧師的隊工中一位出色的牧師——黎艾理牧師 (Rev. Erik Rees)，也出版了一本書《活出生命特質》，[9] 延續《標竿人生》的培育。他提出了五方面的操練來強化聆聽的能力，無論對自我了解或投身職場，甚至交朋結友，都很有幫助。讀者可以找一個時間，帶一本札記簿去到郊外或是安靜的地方，用黎艾理牧師提議的五方面，對自己作一個全面的聆聽和檢視。

SPIRITUAL GIFTS ——強項或恩賜

每個人都有自己的強項，我發現表達、聆聽、溝通都是我的強項。這可能跟我經常做教導和輔導的工作有關。每個人都有天生的才華，神亦透過聖靈賦予我們不同的恩賜。有些人善於管理，有些人強於款待，有些人善於理財，有些人則有教導的恩賜。只要安靜下來，細心回想成長路，有什麼情況自己所做的事獲得別人的稱讚、肯定，而自己又做得十分暢快，這誠然會是你的恩賜。你嘗試在這些事件當中聆聽、觀察、尋找，是否這就是你的強項？有些人當關懷別人的時候，他對人的憐恤之情便不期然湧現，這些人便肯定有服侍人的恩賜。

HEART ——心底的嚮往和喜好

到底你真正嚮往和喜好的是什麼，也是要安靜下來才尋找得到。若一個人所從事的工作，與他的意願吻合，是他自己所喜歡的，他一定不會覺得沉悶。有人問我，「你從事青少年工作已經三十多年，到底悶不悶？」其實我自己也覺得十分驚奇；即使我感到十分疲倦，但當我走進青年人的羣體，便立刻疲累盡消。我喜歡聽他們說話，喜歡他們帶着夢想的閃爍目光。有些人一接觸到電腦，透過電腦接觸別人，傳遞信息出去，立刻歡喜萬分；我卻剛好相反，看見電腦便打呵欠，一見機械便退避三舍。這種從心而來的嚮往和喜好非常真實，騙不了誰。在安靜當中，我們可以尋找這些片段，捕捉我們的感受，什麼時候、做什麼事情我們會最滿足，流露發自心底的喜悅。這是一個指標，顯示出你心底的夢極有可能埋藏在那裏。

ABILITIES —— 才能

正如第六章多元智能中提及的九種智能，才能是與生俱來的。這與強項不同，強項需要與才能結合在一起，在實際生活中發揮出來，從而取得某些滿足和成就。我們可以套用多元智能來檢視自己的才能，具體地審視自己才能的領域，或在邏輯思維方面、或在藝術領域方面，加上後天的培育，讓這種才能得以發揮得淋漓盡致。從安靜中回顧自己所走過的軌迹，對明白自己的才能很有幫助。

PERSONALITY —— 個性

有些人愛獨處，有些人善溝通。了解自己的個性，對我們將來走一條怎樣的路有很決定性的影響。今天，我們可以透過性向測驗如九型人格等來了解自己的個性：內向或外向、樂觀或焦慮、思考或探索、批評或包容？心理輔導時許多時都會做性向測試，幫助人循自己的性向發展，提升自我。不過，最了解自己的莫如自己。靜下來，特別想想我們的人際關係；我們如何自處？又如何與別人相處？在學校、家庭、一般社交場合當中，別人對我們的觀察是怎樣的？如何評定我們？認識我們有多少？個性對我們的人生方向有很大的影響，並不是人人都可以做工程師，這等人需要有極大的自律性和耐力；也不是人人都適合當心理輔導員，他們先要對人有莫大的興趣和關懷。故此，我們宜對自己有深切的了解。

EXPERIENCE —— 經驗

無論是失敗還是成功，是得意還是失意，經驗都是人生很好的一課，讓人從中學習。經驗也需要整理，從而得到啟發。即使是負面的經驗，是失敗的經驗，也不應該迴避，不管是哪種經驗，它都向我們傳遞信息。我們已進入網絡時代，許多人認為一定要學電腦，可是有些人上電腦課很有挫敗感，換來的是痛苦的經驗；許多人認定念美術沒有出路，但儘管一試，一試之下發現自己原來樂在其中，是一趟十分愉快的經歷。凡此種種，都有待我們靜心來考證。經驗就是過去人生的軌迹，對我們前面的抉擇負上啟迪的責任。負面的經驗，可能是自己的疏忽，可能背向我們的個性，要我們下定決心來糾正；正面的經驗，隱藏着我們發展的方向，正等待着我們的肯定和認同。

生命的聆聽，需要持之以恆。年輕人每隔一段日子，可以重做這個 S.H.A.P.E. 操練。

結語

每個人都可以藉着操練提升自己生命力的技巧，同時增進自己的效能感。

「自覺輪」是一個不難掌握的聆聽和溝通工具，持之以恆的操練可以改進自己的自省和人際溝通能力。

學習聆聽是一生的功課，一個善於聆聽自己內裏聲音的人，會逐漸發掘自己生命中的亮點：強項、恩賜、喜好、才能、個性、經驗——讓自己在逆境中不輕易放棄，而且有方向、有能力堅定前行。

註釋：

1. Bach, Richard (2006). *Jonathan Livingston Seagull.* New York: Simon & Schuster.
2. Goleman, Daniel (2006). *Emotional Intelligence.* New York: Bantam Books.
3. 梁永泰（2003）。《新領袖 DNA》。香港：突破出版社。
4. Greenleaf, Robert K. (1991). *The Servant as Leader.* Westfield, IN: Robert K. Greenleaf Center. (available at www.greenleaf.org)
5. Miller, Sherod, et al. (1975). *Alive and Aware: Improving communications in relationships.* Minneapolis: Interpersonal Communication Programs, Inc.
6. Palmer, Parker J. (1999). *Let Your Life Speak: Listening for the voice of vocation.* San Francisco: Jossey-Bass.
7. 蔡元雲（2011）。《敢夢想飛—— Young life 召命導航手冊》（增訂版）。香港：突破出版社。
8. Warren, Rick (2002). *Purpose Driven Life: What on earth am I here for.* Michigan: Zondervan.
9. 黎艾理（Eric Rees）著，李永成、陳呂中瑛等譯（2007）。《活出生命特質——發現並實現你獨特的人生目的》。香港：道聲出版社。

札記頁

學習聆聽自己內裏的聲音，發現自己生命的亮點：

S　強項 / 恩賜

H　喜好

A　才能

P　個性

E　經驗

第八章

職場幽暗中尋找一個亮點

以鳥為師

我家座落在一個小山坡上。窗前，經常有一隻鷹在展翅翱翔。我很喜歡欣賞鷹在空中翻騰的美妙姿勢。有時，我會佇立窗前，等候鷹的出現。每當看見鷹的蹤影，我都會留在窗邊，靜靜觀看牠做出的各種動作、牠的形態，和牠與天空配合構成的美麗圖畫。

向上飛騰，盤旋，又向下俯衝。

鷹很獨特，總是獨來獨往。

石澳後海灣，一灣石灘上伸延出來的石崖峭壁，原來也是鷹的居所。在崖壁掩蔽之下，似不見鷹的蹤影。忽然間，鷹出現了，而且一下子飛撲上高空。牠們目光鋭利，望得很遠，能在很遠距離之外鎖定目標，準確俯衝。《聖經》說：「如鷹返老還童。」（《聖經．詩篇》103：5）這並不是戲言；每隔一段日子，牠們舊有的羽毛會全部脱落，又長出新的羽毛來，使牠們的力量不會因年齡而減弱，相反，卻歷久常新。牠們飛翔的姿勢是如此豪邁有力，看似不費勁，非常享受在空中的飛翔。

我有一位生命導師，司托德牧師（Rev. John Stott）。每次去英國，我都會去拜訪他，我很珍惜跟他一起的時光，我們曾結伴往中國內地考察。他有六十多本著作，已經翻譯成多國文字出版，裏面都閃爍着豐富的智慧，有很多發人深省的啟迪，使閱讀的人獲益不淺。我也從這些書本中對司托德牧師的生命和智慧有更多的認識。

他著有一本書，中文翻譯作《以鳥為師》。[1]司托德牧師受父親的影響，自小已很喜歡觀鳥。每趟來香港，他都會帶着望遠鏡和遙控攝影機，到米埔等地方觀鳥。他有豐富的觀鳥經驗，全球九千多種雀鳥之中，司托德牧師觀賞過又攝下照片的已經超過二千種，數量驚人。即使算不上專家，也堪稱熱衷的觀鳥者。《以鳥為師》其中一篇，談及〈鷹的飛騰與自由〉。

鷹和鷗剛好相反。《天地一沙鷗》強調自我努力和自我提升，不可輕忽的是努力，和不斷嘗試，鷗自力更新，從無知和失敗中蛻變，達致成功。鷹卻不是這樣，只見牠在天空倏然翺翔，展翅翻騰，牠演繹的是另一個故事，鷹不費多大力勁，乃是乘風飛翔，悠然自得。「重新得力」，不是靠着「自救」的能力，而是相信來自創造者的力量。書中展示許多鷹的圖片。其中一種鷹，是香港人熟悉的白頭海鵰，美國人選了牠作為國家的標誌，因為如司托德牧師所形容的，白頭海鵰「忠心為族，時刻戒備又大勇無畏」，能夠代表美國精神，用來做國徽，美國人引以為傲。對於鷹的精神，司托德牧師引用了司布真的名句來勉勵失敗者，要謙卑接受其他力量的支援，對我亦有很大的提醒。他說：「弟兄，若你失敗，皆因你沒有信心。空氣對鷹說：『信任我吧，展開你寬闊的翅膀，我會用無形的力量載你到太陽上去。只管相信我，替你把腳下的石踢開，割下它。我弟兄，天上小鷹，飛升吧，上帝邀請你，升吧，只管信靠祂。』」

這一段描述，讓我對生命的成長多一分的理解。鷹的羽毛、銳利的雙目都很獨特，是上天所賦予的，更獨特的是牠羽毛的構造，牠飛行是順着空氣的流動，由氣流來承托。無形的氣流，對鷹的飛翔卻很重要。每趟離開巢穴，撲翅飛騰，鷹都是有目標的，並不如外表看來，漫無目的飛行。

生命的成長，自我的努力固然重要，但於我而言，靠賴賜生命力的主，順服上帝的帶領卻比任何因素都來得重要。

活出意義來

金融海嘯使各界籠罩在一片愁雲慘霧之中。勞動市場提供的職位驟降，上班族人人自危，忐忑不安，有一種朝不保夕的感覺。各人都感到前途不明朗，一片灰暗。

這二十年間，社會不斷在經歷大動盪。1989 年，東歐變天時，有一個不很成熟的看法在沸沸揚揚，認為共產主義於焉崩潰。純粹中央管治、集權的時代已經過去，取而代之是崇尚自由的、相信市場經濟的資本主義。誰知資本主義在毫無約束、毫無管制、任意發展下，引發了全球性的金融海嘯。

自由、放任有它幽暗的一面，同時也揭露了人性的弱點。即使經濟強國如美國、歐洲一眾國家、中國、日本、韓國等紛紛提出挽救市場方案，也不能消除悲觀的情緒。何時才能重組市場，使之重上正軌，再現生機，是一個很深層的結構重整問題。

過去十年，由於政治及經濟局面欠穩，國際關係緊張，整個西方社會都瀰漫着一片悲觀的氣氛，從滿以為資本主義已然得勝的優越感中醒覺過來，重新反思這種想法是否太過天真。從事青少年研究的 Martin Seligman 認為，普遍美國的青年人都有「學習得來的悲觀」（learned pessimism），[2]他們發覺自己身處的環境有很多巨變，家庭發生巨變——父母不在，或者一個家庭失去了原有的凝聚和建設的能力。學校也變化得讓人無從適應，無論是教學的內容、方針、模式的改變都帶給年輕人不少憂慮，再加上職場的隱憂、911 事件、阿富汗戰爭、伊拉克戰爭……全球對第一強國美國，用不同的形式，好像街頭的抗議、報刊的評論，或網上的批判表達了他們的不信任和反感。因此之故，美國的下一代已經醞釀了學習得來的悲觀情緒。

為了幫助美國新一代，有美國心理學家提倡「正向心理學」（Positive Psychology），他們以為，既然悲觀可以學習得來，那麼年輕人也可以學習樂觀——learned optimism。[3]心理學家不只從面對問題着手，而是引導年輕人建立正向思維，培養樂觀感。樂觀感並非純粹發自內心，像催眠一樣隨己意幻想出來。單憑主觀意願，希望環境改變，只是自我意識中的一種自我樂觀感，是不切實際的。相反，正向心理學習，是要建立正向的、現實的想法，承認生命中存在着幽暗，但堅信幽暗中仍有亮點，有光明。

回想我自己學習心理輔導時，很受一位心理學家吸引，他是弗蘭克教授（Dr. Viktor Frankl）。當時心理學界都推崇佛洛依德和容格兩位心理學大師。Dr. Viktor Frankl 是容格心理學派的，他主張在一個人的成長過程中，個人內在的推動力，很大程度能幫助一個人向某一方向發展；情慾的渴求、生死觀念，都在左右着他。如何消除、釋放這些內在的壓抑，對一個人的成長至為重要。這一派學説着重幫助受助者克服心理和精神上的障礙。在第二次世界大戰時，Dr. Viktor Frankl 被關進集中營。在集中營中，他有很多體會：人一旦陷入困境，活在極度絕望中，加上外在惡劣的環境如飢寒交迫，不用別人殘酷對待，有朝一日也會倒下來，因精神和肉體不支而步向死亡。但 Dr. Viktor Frankl 觀察到在相同的境況下，有一羣人卻靜靜地待在一角落，堅強地繼續活下去。Dr. Viktor Frankl 研究這些人，發現他們之所以能活下去，皆因其內心各有不同要活下去的意義，賴以克服極度惡劣的環境。

這一羣人中，有些經常圍在一起頌唱，他們的信仰成為支持他們的力量。另外是一位大學教授，未入集中營以前，正着手寫一本畢生巨著；他有一個信念，就是要活着走出集中營，好完成這部著作。Dr. Viktor Frankl 觀察、研究、查考的每一個營友，生命力都比別人強，因為他們內心有一份對生命意義的渴求，而這種渴求，就成了一股內在的力量，承托他們繼續活下去。後來他從集中營釋放出來，寫了《活出意義來》(*Man's Search for Meaning*) 一書，暢銷全球。[4]他創立了「意義治療法」(Logotherapy)，幫助人重新思考苦難。[5] Dr.Viktor Frankl 認為苦難本身是有意義的，人的生存過程中，可以透過認識苦難，來跨越苦難、克勝苦難。他提倡的「意義治療法」，在全球臨牀心理治療上引起莫大關注。

人生的召命

人生中最悲哀的，莫過於失去了生存的意義。一位來自西方社會很有影響力的思想家 Charles Handy，他同時是管理學、經濟學大師、未來學家和未來領袖培訓專家，他寫了一本至關重要的著作——*Hungry Spirit*，[6]以他多年來對資本主義社會的研究，認為任何一個企業，若單以市場和效益為本，凡事講求盈利和效率，凡事向錢看，慢慢地，這個企業便失去其「生存意義」，剩下來的價值便只有金錢和效益。*Hungry Spirit* 一書，特別向西方經濟大國發出警號，在資本主義導向下，一些看似很成功的企業管理背後，要喚醒人內心裏對意義的渴求。

這本書很有啟發性。我從事的心理輔導，重點是處理人在成長中各種不同的人際關係，而在種種關係中活出真我，如何與自己和諧共處是很重要的一環。*Hungry Spirit* 令我更肯定自我實踐的重要——讀書、成家立業，不同的人生階梯，有不同的自我實踐，在輔導室中，最多涉及的便是這一類的課題。

令人驚訝的是，在種種自我實踐中，生命的實踐往往被人忽略。

人一生大部分時間都用來工作。有統計顯示，我們花在職場上的時間平均有十萬個小時。在香港，一個人的工作時數十分驚人，平均都是一星期四十多小時，更有香港人每個星期工作不少於六十小時，我的一些從事投資銀行業的朋友告訴我，他曾創下一星期工作一百一十小時的紀錄！金融海嘯橫掃全球，暴風眼正是職場！

我的一位舊同事梁湘明教授，他現在於香港中文大學任教，他多年鑽研「生涯規劃」(vocational counseling)，我經常邀請他到「突破」，到中國不同地方與青年人分享如何做人生規劃，也即是職涯規劃。在這個課題中，我很喜歡 "vocation" 這個字，我把它譯作「召命」。

召命是什麼？召命的起點是發掘自己與生俱來的，或後天培養出來的強項，逐步認識自己的智能、個性、喜好。所謂召命，就是發現個體潛在的特質，然後加以培育和訓練，用以實踐真正的自我；更高一層的意義，是用這個召命來回應社會不同的需要。若能如是，我們說，這個人找到他的召命。有信仰的人，他的召命還增添了從上而來的呼召、意義和方向：對人、對神傳遞愛念，發揮恩賜，在不同的場景中活出召命。

梁湘明教授的生涯規劃很強調生命力，即包括成長的能力、人際交往的能力等等，若這些能力發揮得不理想，在在影響生涯的規劃。一個人要謀生，在知識、技能，以至道德價值等項目上固然要好好裝備，以適應二十一世紀職場的競爭；但生命教育對生涯規劃而言，卻更形重要。我們所熟知的 Abraham Maslow 主張人生需求可分為五個層次：生理層次、安全層次、社交層次、尊重層次，以及自我實現層次。在這五個層次上，梁湘明教授還加上了最上一層，那就是意義層次（meaning），我覺得十分有意思。

現在不少的大學生做生涯規劃，常常誤以為生涯規劃等同職業介紹，目的只是幫他們畢業後找一份工作。不理性向，不理工作性質，總之就是將人力和市場需求進行配對。我們從來不問這份工是否適合自己的性格特質，對自己有沒有意義，這樣便往往忽略了生涯規劃的真正意義。

以孔子為人生的寫照

我的生涯規劃其實不算曲折，只是看在旁人眼裏或會覺得很奇怪。

許多人問我，你下了多年苦功，取得醫學學位，成為執業醫生，怎麼到頭來又完全放棄這個專業，從頭開始，搞雜誌、從事心理輔導，最後成了青年工作者。你要再進修，接受心理學、神學的訓練，這個生涯規劃，豈不是很迂迴曲折？

回看過來路，我覺得那是一次尋找召命的過程。我自己的生命成長，其實沒有什麼缺欠，不錯，有時我會懷疑自己的能力，信心不足夠；有時會卻步不前，心感怯懦；與家人之間也存在矛盾，既有愛，亦有誤解……但這些障礙在人生中自是難免，更感恩的是，我生命中出現不少生命師傅，伴我走過不同的階段。

在大學，我最初學的是動物學，後來又讀醫學。做了醫生以後，我明白到人除了肉體上的需要以外，其實還有很深層的需要，就是精神上、心靈上的需要。青年人是社會未來的主人翁、社會的棟樑，他們對我有一種特殊的吸引力，把我心底的激情呼喚出來。我覺得自己可以裝備更多來幫助年輕人成長，就像我的師傅們幫我一樣。於是我便改變過來，接受心理輔導、神學，以至屬靈操練等的裝備。受訓完畢，我還是覺得不夠，仍不斷自學，不斷進修，用不同的方法擴闊視野，又繼續學習心理輔導和有關青年工作的各種技能，讓自己的生命成長逐步完善。到了三十歲時，我認為是時候了，終於對生命的召命確定下來。

當然，沒有人能完全肯定自己的召命，我也不是沒有懷疑，也不是從始到終都百分百肯定。這種懷疑狀態會經常重複出現。我把自己的經歷與孔子對人生自述相互對照，很驚訝，當中竟有不少雷同。孔子「十五而有志於學」，我也是十多歲開始知道要努力讀書；「三十而立」，我是在三十歲那年「全職」投入「突破」，成為青年工作者；「四十不惑」—— 再過十年後，我似乎對自己的「召命」更加確定；孔子「五十而知天命」，到了這個年齡，同樣地，我的人生方向逐步明朗，看得更清晰；「六十而耳順」，現在我已及耳順之年，剛好在學習聆聽自己的聲音、他人的聲音，亦更要學習聆聽上帝的聲音。我可以自豪地說，現在我已經比以前更會聆聽，能掌握更多聆聽的內容。

生命的歷程並沒有止境，我仍在追求人生中召命的實踐。我很慶幸有很多同工沿途和我一起做夢。有同行的弟兄，有親密的弟兄給予支持，還有一班生命導師不嫌棄地給我鼓勵和指引，這是何等的美，何等的善。

新世代的八種心態

除了與我同行的羣體，跟我同走人生路以外，我身邊少不了的，還有年輕人，他們不斷燃亮我的生命。從他們身上，我真實地感覺到，一代比一代出色。

年長的一輩經常慨歎：一代不如一代；而在職場上，更有許多對新一代的負面看法，存在着不少偏見，使年輕人在職場上要面對很多幽暗。許多人都沒有注意到，長江後浪推前浪，新時代已經靜悄悄來臨。

Dr. Don Tapscott 聯同他的同事，十多二十年來，不間斷地研究新世代，他的研究結果讓我們身為青年工作者更認識身邊的年輕人。他稱這一代為 "Net Generation/Digital Generation"（網世代或數碼世代），他的著作 *Grown Up Digital* 便專門處理這個問題。[7]由於無法理解網世代的某些行為，世人往往對網世代的年輕人產生負面印象，對他們所要領導的未來看得很灰暗。誰知這一代已經成長了，並且帶來全球的改變。有人批評他們不尊重權威。依我對香港年輕人的觀察，印象剛好相反，直至現在，父親和母親仍是年輕人心目中的重要人物，雖然他們心中都有自己的偶像，若論到生命中重要人物，母親依然排在首位，第二位依然是父親。

有些青年人在網上的對話或會讓人感到無聊，但若仔細留意報道，會發現海峽兩岸的年輕網民，對社會上不公平的事情，經常率先發出具良知和公義的聲音。他們為社會被忽略的人仗義執言，例如愛滋病患者；對危害社會的活動，例如製造有毒食品、弄虛作假等，他們都會毫不留情地指責。

有人著書立說，稱數碼青少年是世上最愚拙的一輩。Mark Bauerlein 寫的一本書 *The Dumbest Generation*，[8]形容網世代一無是處，肆意批評他們是不懂思考、毫無深度、缺乏專注力的一輩。

與此同時，卻另有學者著書為他們辯護，前述的 Don Tapscott 的 *Grown Up Digital*，便認為他們是最聰敏的一代。書中列舉網世代的八種心態：珍惜自由、每事求「度身訂造」、批判性強、尊重誠信、樂意合作、工作中尋樂、講求速度、充滿創意。

他們珍惜自由，不喜歡受到規範。他們凡事喜歡「度身訂造」，很講求個人化——單是看他們在網上的發言，便很容易知道他們的個人化傾向，不甘固定於一種典型。他們是帶有批判性的，因為在網上的資訊發布和流通十分快速，一收到訊息，便馬上回應，表達自己的意見和批評，又會問：究竟有多真實？是否虛假？網絡世界培育了他們的批判思維。他們重視誠信，不管是一個人，或一間公司，若是信守承諾，言行一致，他們都會尊重，若不然，便毫不客氣投不信任票。他們投身社會時，都希望在有商譽的公司服務，有誠信的人，他們都樂意與他們合作。

我們説這一代很孤獨，其實一點也不孤獨，只不過他們用網絡來溝通，在 Facebook 裏交朋友，也很樂意與人合作，互相分享。他們所期望的工作是有趣味的，工作不應該沉悶；在玩樂中完成工作，並且要尋求意義。旁人驟眼看，以為他們只懂作樂，不專心工作，追求觀感與一時之快。是的，有時他們會沉溺玩樂，被官能感覺牽着走；但他們的工作態度仍是正面的，只不過他們不能好端端地坐在那裏等工作，一定要快，一定要有速度，他們不能忍耐。

速度（Speed）是這一代的強項，也是這一代的弱點。網絡世界充滿創意，每分每秒都有新意念出現——科技新，溝通的方式新，產品推陳出新。所有這些迅速創新的精神，所有這些創作的產品，都是新世代的得意傑作，在在展示他們改變世界的力量。我珍惜這些專家的研究，幫助我從一個專業的角度明白新一代，但我更希望能直接聽到年輕人給我回應，因為你們才最明白「數碼一代」的心態、強項及弱點。

Google 傳奇

Don Tapscott 認為網世代無論在教育界，在消費模式和家庭溝通方面，已經帶來了重大轉變。他的觀察很大程度是真確的，單看美國新任總統奧巴馬之所以能夠成為民主黨候選人，以至今天入主白宮，皆有賴網世代在網絡上所發揮的強大助選力量，便知道網民動員能力之強大驚人。他們組織、籌款、拉票，做宣傳助選，登記選民，推動投票等等，往往都能一呼百應。Don Tapscott 寫 *Grown Up Digital* 一書時，奧巴馬還未成為總統。到他成為總統以後，他不忘多謝網世代對他的支持。他說，是網世代把他送入白宮的！

我自己曾兩次造訪位於美國矽谷的 Google 總部。那兒有上千剛離開大學校園的年輕人。這班年輕人不是封閉在自己的電腦上埋頭苦幹，在工作上，他們彼此緊密溝通，也與大學教授、商界前輩溝通，向他們學習，他們成功地綜合前輩的觀念和經驗，成功將各方面的資源匯聚，成功地打造 Google 成為全球最出色公司之一。

Google 的總部不像一間公司，反而更像一個大學校園，環境青綠，顏色鮮艷奪目。步入大堂，但見一個大型的「電子地球」在巨幅熒幕上顯現，每個地區閃亮着不同顏色的訊號，標示全球多少人正在使用 Google 的數碼工具。Google 的辦公地方是全透明的，每個人在房內的活動都一目了然 —— 從他們的神態你可以斷言，他們都很專注地「享受」工作。不少房間是共用的，用來作交流的會談室，因為 Google 着重羣策羣力。

我最喜歡的是到處都有自助式的小食部，很多角落都放置了舒適的安樂椅。樓上的健身房及游泳池比一般會所設備更為完善。Google 神奇地將工作與娛樂結合。在 Google，你可以帶狗隻上班，到處都是吃喝的地方，喜歡游泳便游泳，喜歡運動便運動，又隨時可以走入視聽娛樂室看電影電視，聽音樂，員工也允許上網做他們喜歡做的事。Google 給予員工很大的自由空間，但因此也創造了資訊科技界的奇蹟，改寫了商界的運作、學術研究和機構的管理模式。Google 成為了新世代一個傳奇，也是商界和科學界一個非常成功的個案。

我有機會與其中一些員工攀談，他們來自不同族裔和文化背景，有好幾位是中國內地來的博士畢業生。他們都以在 Google 工作為傲，視之為夢想實踐的「樂園」，對明天充滿憧憬！

親子工作坊的啟迪

過去幾年，我在一間中學參與策劃和主領一個親子工作坊，並承諾與家長同行六年，陪伴他們的子女度過中學階段的成長期。我們給同學和家長不少機會展開真誠的對話；對話主題十分廣泛：公民身分、兩性關係、金錢觀念，甚至是一些很具爭議性的問題，例如網上沉溺等。很奇怪，同學都非常投入，他們的坦誠、洞見、辨識力和思維能力，往往令他們的父母和老師都十分驚訝，我對他們也十分欣賞。我們確是低估了新一代的表現和能力。

他們自己也察覺到，網上充滿誘惑、陷阱、語言暴力、色情網站、無意義的空談、令人沉迷的遊戲，他們也承認，要加強定力，亦不否認需要生命導師的指引。但他們亦會投訴，得不到成年人的了解和信任。反而在網絡上，他們得到認同，可以很自由地表達自己的感受和意見。

在過去多年從事青年工作的經驗，我察覺到不管在家裏，在學校，甚至在政府建制中，青年人可以發展的空間非常有限。我在香港各區成立青年論壇，讓年輕人有機會匯聚一起，就與他們相關的政策、時事表達意見。又在每年一度的全香港青年高峰會議中，讓年輕人有機會與社會各界領袖、政府高層決策者進行對話。他們在經濟就業政策、體育文化政策、政制發展等各個不同議題，與決策者對話，他們的表現令人刮目相看。他們預先做好研究，然後提出具建設性的建議。過去，有一些他們的建議，也已經納入政府的政策當中。年輕人是一股不可忽視的力量。

整體而言，成年人是值得向在網絡世界成長的新一代年輕人學習，他們不單止吸收資訊的方式跟年長一輩的不同，在腦部的結構和發展上原來也有他們獨特之處。他們的聲音，為家庭、為學校、為政府，以至職場，加添動力，添上色彩。

在現今充滿幽暗悲情和黯淡的情緒中，許多聲音說，找工作不要開列那麼多條件了，不要太挑剔了，找到一份工作已很不容易，薪酬低也不要計較，只管去做，更不要說這份工是不是自己的興趣。「騎牛搵馬，在這個時勢是免不了的。」

這種非常消極的看法，對年輕人，對這一代都沒有好處。

到處都是機遇

2008年底，我出席了一個在美國西岸舉行的青年冬令會。有三百多名大學生和剛大學畢業的年輕人參加，他們都在美國讀書，當中三分之一是在美國土生土長的年輕人，三分之一來自香港，其餘的三分之一則來自中國不同的城市。有幾天的時間，我在他們當中，與他們交談、演講，分享自己成長的經歷和對全球趨勢的看法。那次的交流，令我對新一代的前景更感樂觀。他們不諱言對前途有所憂慮，即將畢業，卻面對金融危機，大機構裁員減薪，職場瀰漫一片陰霾。

我把全球視野展示在他們眼前。我告訴他們，過去的日子，我大部分時間在四川，過去兩年也經常到北京工作，又去上海做少年教育的培訓。不管是四川、上海或北京，我都察覺到他們有各方面不同的需要。四川災後重建，需要大量不同類型的專業人材，包括工程、教育、英語、心理教育、心理康復、職業指導等等。除了城市鄉鎮所有道路房屋這類硬件需要重建以外，還需要吸納大量不同經驗的人才。無論是管理、經濟方面的人才，需求甚殷甚廣，簡直可以用「到處都是機遇」來形容，更是歡迎有海外經驗的青年專才到四川參與地震後的重建工作。

在北京，我參與民工子弟的職訓及相關培育。全國大概有三億民工從鄉村到城市工作，他們帶來了約三千萬名子女，到中國勞動需求高的城市生活。這批民工子女的教育和居住問題，近年引起當局的關注。如何在城市立足，如何教養他們，如何給予他們職場上的訓練，都有賴不同專業職能的人士給予指導和幫助，因此亦製造了不少的職位和工作。

我也到過一些發展中國家如柬埔寨。近年柬埔寨也在着手整個國家的重建工作，所以他們也需要大量的投資者和專業人才，而醫療人才至今仍是柬埔寨最渴求的。自從經歷赤柬大屠殺洗禮以後，柬埔寨不單未能從大災難中復原過來，還引發許多的後遺症，現在還有非常令人頭痛的愛滋病等等，各方面都有待外來的資源和人才與他們一起投入重建。有一次，我有機會與他們的總理洪森會晤。我跟他說：「其實你們很需要做人力資源的規劃。放眼世界，不管是發展中國家、本土、中國，甚至歐美國家，他們的發展在在需要人才。你們很應該裝備好自己，培育新一代來回應世界的需要，讓自己國家的人才參與其中。」洪森很喜歡我的提議，願意開放空間，讓能夠做各樣培訓工作的專才到柬埔寨，也撥出國家資源作本土人才培育的工作。

在香港，我們亦不能幸免於捲入金融海嘯的暴風，香港政府因應需要，亦宣布增加見習的職位，增加大學、職業訓練局培訓的名額。換個角度，危機亦是契機，際此機會，青年人可以多走幾步，善用這些職位和名額，尋找工作，不要斤斤計較薪酬，而着眼於在職場中找到適合自己的亮點。

青年人只管好好裝備自己，迎接放在眼前的各種機遇。

結語

作為這本書最後的結語，我邀請年輕人做一個「總結習作」，對自己的生命有一個全面的整理、反省，以致能更清晰的看見自己未來的路向，而且更重要的是，對面向逆境的挑戰毫不畏懼。

身分 —— 是否肯定自己是香港的公民，中國的公民？除了關心自己的出路以外，有沒有考慮到身分賦予我的責任和機會，帶着這個身分，去參與我國各城市的發展，為國家作出貢獻？身分和意義息息相關，年輕人若能察覺自己的身分並且予以肯定，那麼，無論是在職場、在家庭中扮演的角色，都會帶着很不同的旨趣和方向。

羣體 —— 在自己的家庭內，父母兄弟之間，能否做到真正的結連？身邊有沒有知心朋友，彼此聯繫？在信仰羣體裏，有沒有心靈上能相交的友伴？有沒有一些關係需要醫治、復和，以至重新建立一個羣體？

生命師傅 —— 在自己生命裏，或職場中，有沒有一些生命師傅曾經出現？若有，我們投身職場之先，很值得首先諮詢他們的意見，按他們對你的了解給予具體的幫助和分析，而不是盲目寄出多封求職信，或不問什麼，隨便找一份工作做，置興趣、意義和目標於不顧。放眼世界，無論香港、海外甚至國內，足下的世界十分廣闊，相信導師定能予以指引。

生命的操練——你對自己的了解有多少？有沒有發現自己的「形態」(S.H.A.P.E.)，對自己有什麼才能和個性有多少認識？這方面的發現十分重要，它們好像人生路上一盞指路燈，幫助我們在職場上找到立足點。我們找工作時，往往都是市場導向的，看人力市場的需要，被它所支配。我們應該回歸到尋找工作的起點上——什麼人做什麼工作，要考慮自己的喜好，帶着使命感，就如一個領袖，在職場中領導着工作；也像一個僕人般，在羣體中服侍。

聆聽——聆聽自己內裏的聲音，和聆聽別人對自己的分析，也有助我們在職場中找到亮點。記着：尋找亮點時，不要為眼前薪酬的多寡作準則，也不要貪圖快速的成就；反而要着眼於一些能活出真我的職場，在那裏你可以將強項、喜好、才能，按自己的個性發揮出來。也不要以自我為中心，多一點顧及自己可以貢獻社會、國家的地方。工作不單為餬口，也應該在工作中尋找並賦予意義。我們若能抱持這樣的目光，那麼，你會發現海闊天空其實隨處都在，任何行業對社會都有一定的貢獻，每個行業對年輕人、老年人，甚至是我們的下一代，都有正面的影響。

讓我們都能隨着自己內心的真誠意願選擇人生路向，在其中服侍別人，樂在工作。這是我寫這本書的最大盼望。

註釋：

1. 約翰·司徒德（John Stott）著、宗教教育中心翻譯（2000），《以鳥為師》。香港：宗教教育中心，頁 51-57。
2. Seligman, Martin E. P.（1998）. *Learned Optimism: How to change your mind and your life.* New York: Pocket Books.
3. Seligman, Martin E. P, et al.（2007）. *The Optimistic Child: A proven program to safeguard children against depression and build lifelong resilience.* New York: Houghton Mifflin.
4. Frankl, Viktor E.（1984）. *Man's Search for Meaning: An introduction to logotherapy.* New York: Washington Square Press.
5. Frankl, Viktor E.（1973）. *The Doctor and the Soul: From psychotherapy to logotherapy.* New York: Vintage Books.
6. Handy, Charles B.（1997）. *The Hungry Spirit: Beyond Capitalism: A quest for purpose in the modern world.* London: Hutchison.
7. Tapscott, Don（2008）. *Grown Up Digital: How the net generation is changing your world.* New York: McGraw-Hill.
8. Bauerlein, Mark（2008）. *The Dumbest Generation*. New York: Penguin Group.

總結習作

仔細重溫一遍本書各章的札記，對自己有沒有一些重要的發現：有什麼亮點或需要改進的地方？

我的身分

香港公民

中國公民

信仰身分

我的羣體

家庭關係

朋輩關係

生命導師

成長指引

召命指引

生命技巧

聆聽技巧

S.H.A.P.E.

效能感

樂觀感

後記

從改變自己，到改變世界

突破機構相信「夢・改變世界」，我們相信青少年心中的夢需要時間孕育、整理，深願父母、老師、導師能用心聆聽，並且給予空間，給予支援——讓青年人以信心和愛心燃點心底夢；用雙手將夢編織成為改變世界的行動。

我先前也提及，自己曾撰寫一本書，名為《敢夢想飛—— Young life 召命導航手冊》（增訂版），這是因為我相信每個青年人都各有所長，我從心底祝福每個年輕人都敢夢，並且結伴展翅上騰。

每個將夢境化作行動的人，都不能缺少抗逆力，就是那種在逆境中仍然能堅持不懈的生命力，亦即是支持一個人在困境中不會放棄的效能感、歸屬感及樂觀感。

美國新任總統奧巴馬的抗逆力令人驚訝：他的個人成長歷程充滿逆境，他沒有放棄裝備自己的努力；最令我感動的還是他希望改變世界的夢想：從一個小小的社區開始，進而為芝加哥和伊利諾州獻出自己的力量；再進入國會，為改變自己的國家勇敢的發出聲音、付上力量。在2008年以前，有誰相信他竟成為第一位非裔美國人總統，與大力支持他的青年人同心協力，尋求這個世界的改變。「CHANGE —— Yes, We Can！」

從事青年工作的年月裏，我遇上許多在逆境中成長的青少年：來自破碎的家庭、在學校裏屢遭挫折、離開校園後接二連三地陷入困境，但他們在導師及朋友陪伴下，都能重建自己的抗逆力。今天這些年輕人都站起來，與家人重新結連，並且投入社會 —— 有些成為體育教練、園藝師、警察、教師、社工、設計師、福音戒毒工作者、護士……

這些年輕人如同雲彩環繞着我，他們曾經情緒低落、自暴自棄，但是終能提升自己的抗逆力，逐步走出困境，改變自己。而更令我欣慰的是，他們不但能突破自我，更能獻上一分力去改變世界，這世界因他們的生命增添了色彩。

我是一個愛做夢的人，能夠實踐夢想，三十六年陪伴青少年成長，深感無憾！

我曾在成長過程中經歷自信心的受挫，卻也經歷了心靈的醫治；當中除了多謝幾位信任我的生命導師，輔助我尋找並實踐青年工作的召命。我還要衷心感激許多在我生命中的同行者：太太伴我同行三十九年，陪伴我經歷生命的轉變；父親與我的生命進深一步結連；兩個兒子都投身青年工作；在「突破」我經歷與同工和義工結伴同行的喜樂，我們一同見證一代接一代的青少年成長——他們的夢繼續改變這個世界。

我不會忘記一位青年人曾向我訴説他心底的夢："I want to make a difference."（「我想這世界因我有所改變」）。我被他的夢所感動，我誠意給他一個回應："If you want to make a difference —— be different ! "（「想改變世界，從改變自己開始。」）

我謹將這本書獻給我所愛的青少年。希望你們明白改變自己就是改變世界的起點，祝福每位青少年都「敢夢、想飛」——從改變自己到改變世界！

此外，我也希望收到你的電郵，聆聽你改變自己的故事，和你想改變世界的夢！

電郵：cywbook@breakthrough.org.hk

參考書目

1. Canton, James (2006). *The extreme future.* New York: Penguin.
2. Crabb, Larry (1997). *Connecting: A radical new vision.* Nashville: Word Pub.
3. Frankl, E.Viktor (1984). *Man's search for meaning: An introduction to logotherapy.* New York: Washington Square Press.
4. Frankl, E.Viktor (1973). *The doctor and the soul: From psychotherapy to logotherapy.* New York: Vintage Books.
5. Frazee, Randy (2001). *The connecting church: Beyond small groups to authentic community.* Michigan: Zondervan.
6. Gardner, Howard (1999). *Intelligence reframed: Multiple intelligences for the 21st century.* New York: Basic Books.
7. Gardner, Howard (1983). *Frames of mind: The theory of multiple intelligences.* New York: Basic Books.
8. Goleman, Daniel (1995). *Emotional intelligence.* New York: Bantam Books.
9. Greenleaf, Robert K. (1991). *The servant as leader.* Westfield, IN: Robert K. Greenleaf Center.
10. Gardner, Howard, et al. (2001). *Good work: When excellence and ethics meet.* New York: Basic Books.
11. Houston, James M. (2006). *Joyful exiles: Life in Christ on the dangerous edge of things.* Downers Grove, Illinois: Inter-Varsity Press.
12. Handy, B. Charles (1997). *The hungry spirit: Beyond capitalism: a quest for purpose in the modern world.* London: Hutchison.
13. Levin, Mel, M.D. (2003). *The myth of laziness.* New York: Simon & Schuster.
14. Miller, Sherod, et al. (1975). *Alive and aware: Improving communications in relationships.* Minneapolis: Interpersonal Communication Programs, Inc.

15. Obama, Barack (2006). *The audacity of hope.* New York: Three Rivers Press.

16. Obama, Barack (1995). *Dreams from my father.* New York: Three Rivers Press.

17. Packer J. I. (1993). *Knowing God.* Downers Grove, Illinois: Inter-Varsity Press.

18. Packer J. I. (1979). *Knowing man.* Downers Grove, Illinois: Inter-Varsity Press.

19. Packer J. I. (2005). *Keep in step with the spirit: Finding fullness in our walk with God.* Grand Rapids: Baker Books.

20. Palmer, Parker J. (1990). *The active life: A spirituality of work, creativity, and caring.* San Francisco: Jossey-Bass.

21. Palmer, Parker J. (1999). *Let your life speak: Listening for the voice of vocation.* San Francisco: Jossey-Bass.

22. Pope Paul, John II (2006). *Memory and identity: Conversation at the dawn of a millennium.* Waterville, Maine: Thorndike Press.

23. Seligman, Martin E. P. (1998). *Learned optimism: How to change your mind and your life.* New York: Pocket Books.

24. Seligman, Martin E. P., et al. (2007). *The optimistic child: A proven program to safeguard children against depression and build lifelong resilience.* New York: Houghton Mifflin.

25. Shearer, Branton (2000). *The MIDAS handbook of multiple intelligences in the classroom.* Kent Ohio: Multiple Intelligences Research and consulting, Inc.

26. Smede, Lewis B. (1984). *Forgive and forget: Healing the hurts we don't deserve.* New York: Harper & Row.

27. Stoltz, G. Paul (1997). *Adversity quotient: Turning obstacles into opportunities.* New York: John Wiley and Sons.

28. Sweet, Leonard (1999). *Soul tsunami.* Michigan: Zondervan.

29. Tapscott, Don (2008). *Grown up digital: How the net generation is changing your world.* New York: McGraw-Hill.

30. Warren, Rick (2002). *Purpose driven life: What on earth am I here for.* Michigan: Zondervan.

31. 蔡元雲（2002），《從未遇上的父親》。香港：突破出版社。

32. 蔡元雲（2004），《生命影響生命》。香港：突破出版社。

33. 蔡元雲（2011），《敢夢想飛 —— Young life 召命導航手冊》（增訂版）。香港：突破出版社。
34. 蔡元雲（2005），《一個都不能少 —— 再思青少年的成長與牧養》。香港：突破出版社。
35. 蔡元雲、勵楊蕙貞、劉穎、李德誠、鄧淑英等（1998），《塑造 21 世紀年輕人：青少年工作者手冊》。香港：突破出版社。
36. 蔡元雲、區祥江、鄧焯榮、沈淑文等（2004），《炮製少年不倒翁：家校抗逆手冊》。香港：突破出版社。
37. 黎艾理（Eric Rees）著，李永成、陳呂中瑛等譯（2007），《活出生命特質 —— 發現並實現你獨特的人生目的》。香港：道聲出版社。
38. 約翰．司徒德（John Stott）著，宗教教育中心譯（2000），《以鳥為師》。香港：宗教教育中心。
39. 梁永泰（2003），《新領袖 DNA》。香港：突破出版社。
40. 梁永泰（2011），《生命逆轉 —— 聖經人物的第二曲線人生》（增訂版）。香港：突破出版社。
41. 區祥江（2000），《生命軌迹 —— 助人成長的十大關鍵》。香港：突破出版社。
42. 區祥江（2008），《生命軌迹 —— 13 個助人自助的成長關鍵》（增訂版）。香港：突破出版社。
43. 子鶩（1995），《海闊天空》。香港：突破出版社。
44. 李慧珍（1996），《地久天長》。香港：突破出版社。
45. 李耀全、賴子健、陳玉麟等（2006），《解開抑鬱》。香港：突破出版社。
46. 游思行故事、棗田插畫（2006），《憂鬱小王子》。香港：突破出版社。
47. 湯國鈞、李靜慧、呂慧詩（2008），《抑鬱自療》。香港：突破出版社。
48. 湯國鈞、江嘉偉、陳佩珊（2008），《焦慮自療》。香港：突破出版社。
49. 湯國鈞、呂大樂、溫帶維等（2009），《活着，痛而不苦》。香港：突破出版社。
50. 鄧焯榮（2007），《跨越困境 —— 身心醒覺的內在力量》。香港：突破出版社。
51. 丘世文（2007），《同行四分一世紀》。香港：突破出版社。
52. 蘇恩佩（2008），《死亡，別狂傲》（復刻本）。香港：突破出版社。
53. 姚國華（2002），《文化立國：全球化的人文審思與文化戰略上卷》。深圳：海天出版社。

54. 唐慕華（Marva Dawn）著，陳永財譯（2003），《俗世中的安息日操練》。香港：學生福音團契。
55. 楊世禮（2004），《為誰辛苦為誰忙：基督徒工作觀的探討》。香港：宣道出版社。
56. 余達心（2003），《生命真精彩：文學世界中的人性光芒》。香港：文藝出版社。
57. 何皓光（2003），《夜裏的呼喊》。加拿大：中國信徒佈道會。
58. 李德誠、麥淑華（2005），《整全的歷奇輔導》（第二版）。香港：突破出版社。
59. 鄧淑英、梁裕宏、黃嘉儀、李潔卿（2008），《創路達人の從零開始》。香港：突破出版社。
60. 劉愛言（2008），《當荊棘闖進生命線》。香港：突破出版社。
61. 呂宇俊（2005），《會考〇分與神奇小子》。香港：突破出版社。
62. 孫寶玲（2006），《是他是你也是我》。香港：突破出版社。
63. 李穎詩、俞越（2002），《摘金背後》。香港：突破出版社。
64. 雲芷（2005），《在運動場上起飛》。香港：突破出版社。
65. 吳嘉榆（2003），《用愛叩開教室的門》。香港：突破出版社。
66. 楊佩欣（2002），《陽光老師的情書》。香港：突破出版社。
67. 林沙（2004），《策夢掌舵 —— 十位校長的真情對話》。香港：突破出版社。
68. 林沙（2005），《從 8A 開始》。香港：突破出版社。
69. 劉進圖（2006），《家多一點愛》。香港：突破出版社。
70. 可洛（2007），《夢想 Seed》。香港：突破出版社。
71. 麥樹堅（2007），《愛在溫柔流動》。香港：突破出版社。
72. 麥樹堅（2007），《用愛，煮一碗糖水》。香港：突破出版社。
73. 麥樹堅（2008），《突圍長跑隊》。香港：突破出版社。
74. 謝小寶（2008），《跳躍女排 1 校隊新丁》。香港：突破出版社。
75. 羅素・史丹勒著、何力高譯（2004），《看上帝幹的好事！—— 揭開苦罪之謎》。香港：突破出版社。
76. 黃毅之、樂洋（2009），《火柴人日記 I》（迷你版）。香港：突破出版社。
77. 黃毅之、樂洋（2004），《火柴人日記 II》。香港：突破出版社。
78. 黃毅之、樂洋（2005），《火柴人日記 III》。香港：突破出版社。
79. 黃毅之（2006），《火柴人 & Friends 歷奇大挑戰》。香港：突破出版社。

心理與栽培系列最新書目

心靈地圖

書名	作者
我看見神的作為 —— 蔡元雲醫生的13680個日與夜	蔡元雲
等待，是一場操練	羅乃萱
把課室搬到撒哈拉	鄧信彥、陳兆焯
從心相信愛	羅乃萱
陪孩子跑一場障礙賽	關子凱
摵時前傳 —— 游樂園	游欣妮
完美婚姻55式	黃鴻麟
爸爸回家上班去	賴百樂
我摵時心太軟	游欣妮
媽媽不想錯下去	列小慧
神奇耳蝸・幻之光	司徒苑；棗田（圖）
從孤獨的屬地出走	添・加德納
我摵時很煩	游欣妮
與賭博拔河	侯雪媚
小喬生活館1　聽食物說話	司徒苑；棗田（圖）
與恩師的10堂課 —— 我的路	蔡元雲
歲月的育養 —— 給現代父母的啟示	黃麗彰等
噢，女兒戀愛了 —— 父女交換日記	孫寶玲、孫諾